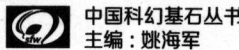

中国科幻基石丛书
主编：姚海军

光栅谋杀案

【中国香港】谭 剑 著

四川科学技术出版社

图书在版编目(CIP)数据

光栅谋杀案 / [中国香港]谭　剑　著；
– 成都：四川科学技术出版社， 2014.11
（中国科幻基石丛书）
ISBN 978 – 7-5364-7959-3

Ⅰ.光…　Ⅱ.①谭…　Ⅲ.科学幻想小说–中国–当代　Ⅳ.I247.5

中国版本图书馆CIP数据核字(2014)第207682号

中国科幻基石丛书
光栅谋杀案

出 品 人	钱丹凝
丛书主编	姚海军
著　者	[中国香港]谭　剑
责任编辑	宋　齐　杨国梁
封面设计	李　鑫
版面设计	李　鑫
责任出版	欧晓春
出版发行	四川科学技术出版社
	成都市三洞桥路12号　邮政编码：610031
成品尺寸	147mm×208mm
印　张	7.5
字　数	150千
插　页	2
印　刷	四川五洲彩印有限责任公司
版　次	2014年11月成都第一版
印　次	2014年11月成都第一次印刷
定　价	19.00元

ISBN 978 – 7-5364-7959-3

目 录
CONTENTS

定律一：如果一位年高德劭的杰出科学家说，某件事情是可能的，那他可能是正确的；但如果他说，某件事情是不可能的，那他极可能是错误的。

定律二：确定可能性界线的唯一途径，是跨越这个界线，从"不可能"跨越到"可能"中。

定律三：非常先进的技术，初看都与魔法无异。

——克拉克基本定律

序 章　凶手自白

刀已到手。

刀是我从网络上的拍卖站下单买的,而且加钱指定要开锋。

我用假名假身份假电邮来做联络工作,再给钱叫"小鬼"去指定地点付现交收。网络上多的是这种服务公司,一个小时内可以替客户做任何合法的事情,除了简单的速递服务和临时演员外,也包括较复杂的带孩子,举牌向女生求爱——最后一件对某些男生来说,是很困难的事情。

为保险计,我不止请一个小鬼,而是请了五个,贪图"五鬼搬运"的好兆头!他们只管做现金交收和递送的工作,一个接一个,对所递送物件的内容则一无所知。

包装盒画的是一把复古型的西洋雨伞,说明是由意大利工匠在佛罗伦萨用手工制作,而且通过了海关检查——真是胡扯!

只有打开三层包装后,才见真章。

这刀叫"青龙",长约三尺,做工精巧,刀镡和刀柄部分都很讲究。虽说只是以观赏艺术品来售卖,但却是用坚硬的高碳钢打造,开了锋后,已具备杀人的能力。

刀放在硬木鞘中,收纳在一个很漂亮的锦盒里,还附有一纸图文兼备的说明书,简述这刀的历史和构造。说什么要经过十二道手工工序——某些工序的传承还可上溯到春秋战国时代;而且警告说这不是玩具,别让儿童拿到。

我没兴趣理会太多旁枝末节,我只管刀的实用性。几年前有人欠了地下钱庄一屁股债,讨债的小混混上门恐吓,一时说要淋油,一时又说要他把女儿卖掉,大吵大闹结果惊动了邻居,连邻居也不胜其扰,帮忙叫男人尽快还债以免永无宁日。男人走投无路,不知从哪里弄来一把武士刀,而且不知哪儿来一股强大的神力,把其中一个小混混拦腰砍成两截⋯⋯

我要的,就是这样的一把刀。

刀是最后一环,也是最重要的一环。

拿到刀时,我把刀高高举起,对着假想的位置,狠狠劈了好几十下。

早在刀到手前,整个凶案已经在我脑海里成形。凶器、地点和动机一应俱全,如今欠的,只是尸体。

尸体很快就会⋯⋯嗯,送到现场。

一切已经准备妥当。

没有疏漏,没有疑点,没有错失,没有破绽。

当然,一切都有前因后果,也只有最聪明的人才会看得出来。

我相信,一切发展会如我所料,不会出意外。

就算是名侦探——如果有的话——也无法发现真相。

1. 光栅传送

进入传送光栅后，阿当的身体被仔细分割，全身每个细胞都被分解成数以千亿计的碎片，不是成为细胞或原子，而是更小，成为光栅传送的单位——光子。

光子以光速在光栅间传送，不过一瞬间，已去到目的地——另一个光栅，一个长宽高都约三米的立方体。

两个光栅相距五米，但距离暂时还不是重点。

五米、五十米和五千米所需要的技术差不多。如果能成功传送到五米外的位置，理论上来说，要传到地球的另一面也不是难事。

传送完毕——画面显示最新状态。

传送不困难，分解和结合才是重点。否则，一个简单的失误，把手指接到脚掌上，已无可挽救。

虽然传送技术在最近这几年突飞猛进，却是以不同领域一代又一代的科研人员好几十年的成果为基石。

在光栅密不透风的封闭空间里，阿当的身体正按位置组合还原，一一归位。如无意外的话，完整的阿当最后将会平躺在铁床上。

比起光速传送,光子的分解和结合要花的时间就多得多了。

组合完成。

至今,由于技术所限,在光栅密室打开前,没有人知道试验是否成功。

就像薛定谔的猫,在打开盒子前,里面的猫是生是死,外人无从知晓。虽然这比喻不甚恰当——毕竟光栅用的是量子物理技术,而且传送的是比量子更进一步的光子——但很多人还是喜欢用这种说法。

现场屏息以待,没人发出一点儿声响,仿佛这是盘古初开时宇宙大爆炸的一瞬间。宇宙和人类的一切历史从此展开,这是以后上百万亿的生命全都凝聚和浓缩在一起的瞬间,没有人敢不予以正视。

光栅的门打开时,两位工作人员把铁床抽出来,底下的滑轮发出声响。

医护人员立即上前检查躺在床上的阿当。

"血液正常。"

"血压正常。"

"心跳正常。"

"呼吸正常。"

张学然冷静地注视着画面上闪过的一个个数据,虽然知道各项检测顺利通过是意料中事,但心跳仍不断加速,生怕其中一环出现意外。

最后一项检测通过后,听到在场数十位工作人员齐声叫好,张学然才如释重负。

海外工作人员无法亲临现场,只能利用视像系统观看这场试验的经过,此时也纷纷站了起来。有的摆出胜利手势,有的向天挥拳,有的打开红酒,举起酒杯庆祝。

只有阿当目无表情,仿佛一切成功与己无关。

张学然脸泛红光,在一片欢呼声中朗声道:"我宣布这一阶段的测试成功,我们将会迈向以活人传送测试的下一阶段。"

他还没说完,现场已掌声雷动。

张学然博士双手按膝,向前鞠躬。

"谢谢阿当,为我们做了十次测试。我更要谢谢大家,辛苦了。"

掌声变得更热烈了。

张学然虽然才三十岁出头,但两鬓很早就冒出和年龄不搭调的灰发,意外地增添了成熟稳重的魅力。

董事局里的三巨头正从大门走进来,身上的贴身西装再外行的人也看出是高价货,脸上堆起笑容后简直就是财经杂志封面上的成功人士。

他们刚才坐在会议室边喝红酒边看直播,虽然也有科学家出身的,但对光栅传送技术却只知皮毛,他们的主要身份还是投资者。没有他们,光栅系统只会沦为空想科学。

工作人员纷纷让路,好让三巨头向张学然轮番祝贺。

"不愧是天才科学家,我们又好好向前跨进了一大步。"

董事局主席握着张学然的手不肯放,随行的记者们镁光灯闪个不停。张学然脸上浮起招牌笑容,显得颇为内敛。

"谢谢你们对光栅系统的支持才对。"他一边握手一边说。

"我们又大幅领先其他光栅团队了,现在占有绝有优势。"董事局主持对记者竖起拇指。

董事局里的三巨头被张学然和工作人员暗地叫做"福禄寿"。主席叫阿福,目前正用各种术语包装空洞无物的谈话内容。"光栅集爱因斯坦的相对论、量子力学和最新的光子学于一身,是超越21世纪的尖端科学技术,将会是人类文明发展的里程碑,足以垂范千秋万世……"

"不止我,其他工作人员都很努力。"张学然趁机抽回自己的手,听阿福不断吹嘘,偶尔才插几句应酬话。有时他也不禁怀疑,阿福知道自己在说些什么吗?

"他们只是手脚,你才是大脑,天才中的天才。有一天你会拿到诺贝尔奖。"阿福用力拍了几下张学然的肩头。

"如果有这么一天的话,我会在领奖时感谢你。"

"一定要啊!"阿福说。

张学然把强烈的厌恶感埋在心里,以免在脸上浮现,而且其他工作人员也纷纷走过来向自己祝贺,他不想扫他们的兴。他们才是和自己日以继夜并肩奋斗的战友。

阿福站在早预备好的讲台上,发表了叫人打呵欠的演讲,然后又叫张学然过去拍了些团体照。

张学然站在讲台上,工作人员都在热情拍掌,但他很清楚每人心里都希望可以快点结束。试验成功和听阿福讲废话是两码子事,没有关联。

台下的阿当,即使是刚才光栅传送试验的主角,此时却遭受冷落,被工作人员无声无息地搬到手推车上送走了。

第四阶段的试验好不容易终于告一段落。

在之前的几个阶段,用过单一原子、细菌、血浆(主要是试验里面的红血球和白血球),也用过书和衣服,再到手机这么复杂的合成物料,蚂蚁、白老鼠等小动物——全都通过测试。

第四阶段的阿当,是个拟真人,体内有拟真血管、心肝脾肺肾等器官,体外是拟真皮肤,脸上五官也齐备,除了能眨眼,还能呼吸。这种拟真人常用于医学研究上,可供测试各种生理反应。

阿当过关后,就要进入风险最高的第五阶段——活人。

光栅传送毕竟是危险度很高的试验，把身体打散，再重新组合，稍有不慎，这人不但魂飞魄散无法还原，而且根本就是死无全尸。

没有人会自愿参加这种志愿计划。发达国家更立法禁止活人做这种高危试验，可是，没有试验，又何来进步？张学然讨厌这种伪善的科学发展观。所以，整个试验室在多年前就搬到了某发展中国家的人工岛上。

至于试验品，不，志愿者，重赏之下，必有勇夫。

按照进展的路线图，陈志伟这个举世瞩目的受试者，一星期后就会首次上阵。这时他也在试验现场，目睹阿当的成功传送。

张学然指定要陈志伟夫妇临场旁观。虽然他们俩早就了解光栅传送的原理，但这次张学然希望他们把试验的前前后后看得一清二楚，以增强他们对光栅系统和团队的信心。

忙过应酬后，张学然向陈志伟夫妇走过去，"紧张吗？"

"今天每个人都问我紧不紧张。当然不紧张，一切看来都很简单很安全啊！"理了光头的陈志伟笑道。

张学然第一次见他时，觉得他看起来很年轻，好像和自己一样都只有三十来岁，但他其实已经过了四十，笑时还会露出笑纹。

"看来当然很简单，不过，就是为了看来简单，我们不知死了多少脑细胞！"张学然老实不客气地说。凡是看来愈简单的，其实愈不简单。把复杂的事物简单化，本身像艺术多于科学。

"我知道当然里面很不简单，不过你是天才科学家张学然啊！我很有信心，对吗？"陈志伟转问夫人陈子慧。

陈子慧紧挽着陈志伟的手臂，也跟着笑起来，但张学然看得出是苦笑。不过，陈子慧的笑容，还是很耀眼，以四十岁的女人来说实在很不简单，年轻时肯定是个美女。张学然不知道这么漂亮的女人会看上穷光蛋陈志伟哪一点？她年轻时大有本钱去钓有钱得多的男人。

可是，男女之间的事，张学然自认一向不理解。他熟悉物理学定律远远多于男女之间的法则。

"要是怕的话，你现在还可以退出，合约允许你这样做。"张学然斜睨着陈子慧——她那双水灵的眼睛一直隐藏着不安。

"打死我也不会退出，这种试验，我什么也不用做，只要站着就行了。这种钱真好赚，天下间没有比这更容易赚大钱的事了。"陈志伟的笑纹愈来愈明显。

"我们回去好好休息吧！张学然博士还有别的事要忙啊！"陈子慧催促道，然后又向张学然很有礼貌地一笑。

张学然的心暗暗猛烈抽动了几下。说真的他对陈子慧很有好感，但这是不能说的秘密。他喜欢她的笑容，喜欢她的举手投足。光栅传送试验不能失败，他不希望在她脸上见到泪光。

他知道，要是试验失败，她失去陈志伟，等于失去唯一的依靠，她会从此孤苦无依。而他，也可乘虚而入……不，他打从心里讨厌这个恶心的想法。他不可能为了得到一个女人，而让整个光栅传送试验失败。

目送他们两夫妇——主要还是陈子慧——的身影离开后，张学然瞄到"福禄寿"正忙于应付零星的媒体采访，工作人员也各忙各的，处理着后续工作，他们很有主动性也很努力——他今晚会陆续收到各团队的试验报告。

他已累得可以马上倒头大睡，无法再留在现场，便离开试验大楼回宿舍去。回程时，一路都有人向他点头致意，他又只好堆起笑脸回应。

研究大楼和宿舍之间有空中回廊，但他特地走地面的行人甬道,好让自己沐浴在阳光中。

海风扑面而来,在耳边呼呼作响,而且还带点咸味。

当初要来这人工岛做研究时,觉得很寂寞,岛上除了研究大楼和宿舍等五栋大楼外别无一物,简直就是推理小说里那种会突然冒出谋杀案的孤岛。住下来,才发现这个环境远离外面科技园那种日渐染上商业气息的压逼感,自成一隅,反而可让心灵获得解放。

虽说光栅研究项目也是在商界赞助下才能成事的产物,但他尽量不花太多心力去思考钱这个问题,以免让科研沾上太多铜臭。

他绕路步行了十分钟才回到自己的房间。如果走研究大楼和宿舍之间的空中回廊,肯定快得多,但他想离开建筑物的室内环境,呼吸一下外面的清新空气。他常怀疑长期呼吸本部大楼内那些经消毒又无菌的空气久了,免疫力会一天比一天差,最终连一个病菌也足以把自己击垮。

"今天每个人都问我紧不紧张。当然不紧张,一切看来都很简单很安全啊!"

"你是天才科学家张学然啊!我很有信心……"

他耳边响起陈志伟的话。对方当然没有压力,他只是来收钱的小白鼠,出事的话就死了,一了百了。最有压力的其实是自己,出了意外的话,自己就要负重大责任。

张学然虽然主管技术细节,但经费和支出也无法忽视。如此庞大的试验,别说一般大学在财政上无法应付,就是顶级大学也不见得条件充裕。政府在财政预算上也倾向发展经济,让人民增加收入,以维持社会稳定,而不是做这种近乎科幻小说的试验。

在生活难过的日子,民众的着眼点都在现实,过得一天算一天,只求三餐温饱,对未来不再有任何幻想,也不再存有种种不切实际的好奇心。

　　这个试验室全仗好几个高科技创业投资基金砸下巨资才能成事,所以凡事都要向董事局汇报。基金公司也会派人来监督,务求一分一毫都用得其所。

　　试验室是上市公司,有专人处理投资者关系。由于出出入入的科研人员不在少数,为鼓励他们长期为公司服务和增加归宿感,除年终分红外,管理层还会赠送公司股票。如果员工离职,管理层愿意以高于市值价直接回购股票。

　　张学然是光栅试验室第三代掌舵人。他早在六年前开始时已加入团队。很多人加入时兴致勃勃,但这种太创新的试验,如果长久没有成果,会叫人萌生退意——反正外面有很多项目能更快让人取得成果,也更易取得回报。

　　早前传送动物的阶段,正是整个试验室的瓶颈,也最考验试验人员的忍耐力。他们被迫要目睹大量尸骨不全的动物,不只叫人倒胃,也叫人无心恋战。动物权益关注组织把他们批评成没有人性的魔鬼,在网络上转贴大量相关图片,发动民众力量攻击他们。组员在内外夹击下备受煎熬,很多人都在这个阶段辞职不干。

　　到了后来,传送回来的动物不再断手断脚,非常完整,却没有呼吸。表面上看来是进步,却处于长期没有突破的阶段,这给工作人员更大的挫折感。他们也都有疑问:是否只有简单的生物才能传送? 传送技术是否有一个常数限制着传送生物的质量? 如果有的话,是多大?

　　如果那个数值很小的话,这个试验耗费的人力物力将会血本无归,而且不会有人愿意继续投资。

　　十年下来,起始团队里的成员,只剩下不到一半人留下来,连掌舵人也离去,最后由时年二十岁的张学然接任,中选理由除了他在二十岁时已拿到博士学位外,还包括他上佳的专注力和持久力,以及出众的项目管理能力。他在接掌试验室第二年后,即取得突破成果。

其实,类似光栅的传送研究早在三十年前已开始,但在最近八年,全球各地的团队才相继突破各自的研究瓶颈。张学然的团队暂时领先群雄,拉开其他团队一段不短的距离。不过,张学然自知,这未必是对手能力欠奉,而只是资金不足。要是其他团队追加预算,或者从自己团队里挖角,麻烦就来了。科研人员的忠诚度,不见得比一般上班族来得高。

最叫张学然头痛的是,自家的光栅技术研究好像就快进入研究瓶颈了。

2. 女客人的引诱

五星级饭店高级西餐厅里离门口最远的一张桌子,像遗世独立的一座孤岛。侍应静静放下两杯维也纳咖啡后,便轻轻地离开,没让脚步发出一点多余的声响。

"可以抱一抱我吗?"身穿名牌华服的女人等侍应离开后,对坐在对面的男人说。

巫真摇头,脸上保持礼貌的笑容。

"如果你不抱我,可不可以让我抱一抱?"女人改变进攻策略。

巫真的心抽动了几下。女人眼泛泪光,看来既可怜,又含情脉脉。任何男人看了都很难不动心,就算没有爱意,也难免会有怜惜之情,而且她才不过三十出头,并坐拥三亿身家。

她的声音和语气也非常诱人。

简单来说,不管是物质上还是精神上,她都掌握了好几种擒拿男人的致命武器。

巫真已经习惯面对尸体,却始终不习惯应付这种突如其来的场面。就算已经三十岁,仍然能发现自己的不足之处。

他偷瞄另一张桌子。助手林菁菁仍然垂着头。照理说她应该把话听得一清二楚,可是,似乎打算演上一出充耳不闻的内心戏,她继续埋首在没有营养的杂志里。

巫真感到有点孤立无助。

"钱小姐,不行,我不能够碰你。"他冷冷地说道。

"为什么你这么不近人情？我现在最需要人的慰藉。"她眼波流动,很是迷人。

"你找谁都可以,就是不能找我。"他垂下头,不让她发现自己在吞口水。

"为什么？我是你的客户,慰藉我是你的工作。私家侦探不就是做心理辅导工作的吗？"

"其他同业的做法我可不认同,我的工作范围只限于调查。"

"你可以把安慰我当成送给客户的免费服务。"

"抱歉,我从不提供免费服务,否则可能违犯公平竞争法。"巫真急了,真是什么话都敢瞎编。

"那我付钱给你,你抱我。"女人以为真有这回事。

"我不做侦探以外的工作。"巫真觉得自己快应付不下来了。

"就当兼差好了,你要多少钱？开个价来……你不开的话,我自动报价。你是名侦探,我付双倍。"

"抱歉,我很忙,还有其他离奇复杂的案件等我去破。我对解谜比较有兴趣。"

巫真其实很讨厌这种以为有钱能使鬼推磨的富人,即使美女也不例外。当初他们接这案子只是为找出真相,为死者沉冤得雪。钱,不是不重要,但绝对是其次——他们还没清高到不食人间烟火的地步,名侦探也要吃喝拉撒……

不过,跟这种女人纠缠下去,只是浪费时间。巫真站起身来,准备离开,女人也马上跟着站起。

"我可以再找你吗？"女人问。

"你不用再找我了。你最亲的人——父亲已经死了,后母也给送去坐牢,身边应该没有人会在密室里被杀了,除非,那人是你自己。你现在这么有钱,很多男人都会自动送上门来。不过,我看你还是自己小心点。钱太多,毕竟不是好事。钱跟烦恼是两兄弟,跟不幸是远亲。"

"所以我才要你啊!你不贪图我的钱!"

"我只需要一个女人,一个就够了。"巫真的下巴努向林菁菁。

"不过是助手,有什么大不了?"女人觉得林菁菁其实蛮漂亮,但赞美其他女人的话却实在说不出口。

"她不是一般的助手。"巫真为林菁菁辩护。

"还不过是做跑腿的花瓶,这我也可以胜任。我现在已经不怕尸体,你把她炒掉,我付钱来做你的助手。她能做的,我也能胜任。"女人望一望林菁菁,一脸鄙视,像写着"你们大概有肉体关系吧"几个字!

巫真直摇头。

"不行,她是我最好的助手,永远没有人可以取代她。"

成为话题的林菁菁,好像听不到两人的对话,仍然专注在杂志上。

巫真起身离开,经过林菁菁时,拍了拍她的肩头,她这才收起杂志离座,跟在他后面。

不知道那女客户有没有跟在后面?

巫真利用电梯的镜子回望——她仍然坐在座位上,凝视窗外的风景,若有所思。

巫真和林菁菁钻进电梯里。林菁菁不再沉默,赞道:"表现不错啊,名侦探!"

巫真被她这一说,才吁了一口气:"她叫我抱她时,其实我紧张得要命。"

"她视你为救命恩人,准备以身相许。你答应的话,以后不但可以不必再面对尸体,而且还可以在房间里数钞票。"

"最怕还没开始数时,我已经变成尸体。她到目前还不知道人心险恶,现在身边其实还有一大群洪水猛兽。"巫真吐吐舌头,"要不是我们帮她破解了密室杀人,她老爸就会给当成自杀处理,钱也会滑进恶毒后母的袋子里。天啊!简直就像是令人毛骨悚然的童话故事。"

"对,她是白雪公主,你是救她的王子。如果不是你,她很可能一无所有。"

"不,也许她还能拿到几张国画,她爸留下了不少啊!"

电梯打开,两人轻快步出,和无数衣冠楚楚的男男女女擦肩而过,穿越大厅,经过咖啡室,步向酒店大门。

"你别小看国画,有些可以卖到很多钱。"林菁菁纠正他。

"我从来没有看轻国画的意思,不过从来没有一张国画像达·芬奇的作品一样,油彩底下还隐藏了另一幅画。"巫真不想被林菁菁看扁,"我们调查的案件和那种画何其类似,都是一个局套一个局,你要用X光机般的眼睛才能看透。"

两人忙了一个多月的"富商密室自杀案"终于结案,可以好好休息一阵。比起电视连续剧,这种故布疑阵的"自杀案"同样精彩,而且更峰回路转。

巫真隐约觉得身后有脚步声跟着他们,像磁铁一样,保持距离,却又吸着不放。林菁菁也发现了。两人同时停下脚步,回望时看见一张既熟悉又陌生的脸孔,好像在哪里见过。

男人看来不足四十,黑发里夹杂了几缕银丝,皮肤还很光滑,应该是年纪不大,但脸容却有点憔悴。

唯一光芒四射的,是金丝眼镜后一双炯炯有神的眼睛。

自从侦破几起大案上过媒体经过渲染成为名人后,巫真发现人家看他的目光跟以前有点不一样。在路上会有人向他索取签名甚至合照。认识他的人,远比他认识的人多。

巫真盯紧对方的脸,有点熟悉,却忘了在哪里见过。这人大概和自己同类,都曾经在媒体上曝光,但他一时间却想不起对方是谁。毕竟,每天在媒体上出现的人都超多。安迪·华荷①的名句"每人都可成名十五分钟"早已不胜负荷。

"请问你是名侦探巫真吗?"对方先开口问。

"对,阁下是——"

男人报上一所小学的名称后,巫真马上往他脸上仔细打量。本来应该也是三十出头的人,可是看来比实际年龄大得多,岁月在他脸上留下深深的印记——是什么工作和经历会如此磨人?

巫真穿透这些岁月的印记,把眼角一些皱纹磨去,脸上的一些赘肉去掉,试图还原十多年前青涩的脸孔。

"想起来了没有?"对方用很不正经的语气问。

巫真看看林菁菁,她嘴角带笑。这种场面她见过不少。人成了名,很多失去联络多时的同学和朋友都会找上门来,打打招呼,攀攀关系,装做"识于微时"。

"抱歉,我现在满脑子都是尸体和什么谋杀的,你不会希望我记得你。"巫真堆起职业性的笑容,他没时间也没兴趣和一个这样的"老朋友"相认。倒是冷不防林菁菁竟向那人说道:"我认得你是谁。"

"谁?"巫真和那男人同时问。

"你在媒体出现过,好像是科技版,不,是财经版。我在创新科技之类的新闻上见过你的照片,而且不止一次。"

"林菁菁小姐好厉害,简直是照片式记忆的完美示范。"男人笑道。

---

①安迪·华荷(1928~1987),美国艺术家,以流行艺术(Pop Art)见长,他曾说过:"每人一生会有十五分钟的成名时间。"

"你知道我的名字?"林菁菁不无惊喜。

"当然,名侦探的助手,怎么可能忘掉?我也想要你这么厉害的助手。"男人亮出招牌笑容,"那你可记得我的名字?"

林菁菁没答话,男人把目光扫向巫真。

巫真对男人一点印象也没有,忙望向林菁菁,脸上露出求助的表情。

"要你去猜啊!他是你的同学!"她显然知道答案。

巫真仔细揣摩男人的脸孔。潜藏在深层的记忆突然没来由地一下子浮上水面。

对,对,对。

"张学然啊!学校有史以来拿最多满分的学生,虽然只是小学,但还是很了不起啊!你那时已经是名人了。"

虽然称赞一个人在念小学时成绩好是有点无聊,甚至虚伪——潜台词是"小时了了",但巫真实在想不出别的话。

巫真那时念的是市内最好的重点小学,以校友里多出名人见称。学校每年毕业礼都会邀请著名校友回来演讲,向师弟师妹讲几句鼓励的话。

那些训话巫真没记得多少,只觉得令人昏昏欲睡。他还记得张学然是上台领奖最多的同学,是学校有史以来成绩最好的学生,自然也是资优生①。张学然小学毕业后顺利升到名气更响的中学,接受特别的资优教育。每星期更有大学教授对他进行特别指导……嗯,这些都是报刊上说的。

巫真读书成绩平平,很自然只能在原校升学。

张学然的后续发展,媒体已不再报道,巫真没再听人说过,两人也从此断绝联络将近二十年。

①资优生指资质特别优秀的学生。强调的是具有发展成优秀学生的可能性,属于发展性评价。

林菁菁插嘴说:"张学然先生现在是名人啊!你研发的光栅系统出了大名,我在科技新闻上看到过。"

巫真这才想起来。他看报纸只是浏览,有时还要靠林菁菁告诉他有什么新闻要特别留意。光栅的新闻他有点印象,但只看过标题和摘要,从未细阅内文。

"林菁菁小姐真是闻名不如见面,真人比杂志上的照片来得更漂亮!"张学然跟巫真握手后,又和林菁菁轻轻握手。

"她不只是漂亮而已。"巫真更正。

"有空坐下来聊几句吗?"张学然指指前面的咖啡室。

"我先回去,你们慢慢叙旧吧!"林菁菁道。

巫真告别林菁菁后,和张学然进咖啡室坐下,点了饮料后进入正题。

两人对视了一阵,不禁相视而笑。巫真先开口道:"没想到会碰到你。"

"彼此彼此啊。"张学然点头。

"我现在的工作围着尸体转,一直很怕碰到的尸体是熟人的。"

"放心,刚才你见到我本人也认不出来,何况是尸体?!"

"你怎会也在这里?"巫真问。

"我现在在一个人工岛上工作。岛上除了宿舍和研究大楼以外,什么也没有。不,有个小型运动场馆,但几乎没有人用。我的同事除了工作,就是躲在自己房间里,交流也不多。我有空时就离开孤岛回到城市里走走,今天就是特地来吃下午茶。"

"一个人?"巫真乘机打听。

张学然把头转向左又转向右,"难道你看到我身边还有人?我看,倒是你找到了另一半。"

"才不是。"巫真脸上一红,忙拉开话题,"你怎么从那岛上过来的?"

张学然收起笑意,"我们岛上有两艘游艇可供出入。我约好了时间后,他们晚上会接我回去。"

巫真一脸羡慕,"乘游艇,你们做科研的还真有钱啊!"

张学然苦笑,"每个人都有固定配额,我过去几个月的还没用完。你不想想,我们做科研付出的是青春,而且不一定有回报。"

侍应把饮料送来,两人都呷了一口。

"你果然不负众望出人头地,而且……做的还是科学研究,研究……那个……光栅。"巫真嘴巴上说得漂亮,但其实对光栅所知有限。媒体上的科学新闻不多,只是聊备一格。上头条的新闻,不是时事政治,就是娱乐八卦。

"你现在一样也出人头地了,我一直留意你的消息,知道你破过的案件千奇百怪,最近那个富家女的案子简直和推理小说没有两样。我一直想找你,好听听第一手的故事,那肯定比我们做科研接触到的刺激得多。"

张学然看来倒是对自己知之甚详,巫真忙摇手道:"那是记者渲染得太精彩,很多都与事实不符。媒体上全是生花妙笔下的产物,其实调查工作非常苦闷,一点也不刺激,经常碰到挫折,找到的线索只有百分之一是有用的,其他都是多余的。"

"这和做科研没有两样。"

张学然笑笑,似乎很认同,但巫真觉得对方不会理解自己的工作,毕竟,大家完全活在两个不同的世界里。

"现在街上很多人认出你吧?"张学然问。

"对,但我其实不太喜欢曝光,那不利于调查。我希望愈平凡愈好,最好能像忍者般,这样才方便做事。"

"你可以学偷渡犯那样,戴个头套来易容。"张学然打趣道。

"不行,那种变装会很热,我还是做回自己算了。"巫真指指外面,"大家都知道她在这里和我见面,幸好记者只能在外头守候,无法踏进饭店一步。我在这里还是很自在的。"

"我也看过相关报道。你怎不叫她换家别的饭店?"

"这是从小她父母带她来的饭店,别的她都不去。"

张学然失笑道:"没想到客户忠诚度也会遗传!"

"她只是被宠坏了。"巫真真想把一肚子气吐出来。

"你怎会成为侦探的? 以前在学校时完全看不出你有这本事啊!"张学然转换话题。

巫真不是第一次听到这说法,早就准备了标准答案:"以前学校里没有尸体啊,所以我一点发挥机会也没有!"

"怎么我以前没发现你的喜剧细胞?"张学然再次失笑。

"我比较内敛,不像你那些才华尽显,锋芒毕露。"

"都老同学了,别老是给我戴高帽。"张学然用手指轻敲桌面,"老实告诉我,林菁菁小姐不只是你的助手这么简单吧?"

"不,她……她只是助手。"巫真有点不知所措。

"是女朋友吧?"张学然露出狡猾的笑容,巫真没想到天才科学家也有这一面。

"不,真的只是助手。"

"她长得实在很不错。你近水楼台,别错过大好机会。"

"我会认真考虑的。"巫真忙转换话题,"你结婚了没有?"

"没有,科研太忙了,而且,我也不懂谈情说爱。"张学然看看手表,"抱歉,我准备要走了。我的光栅系统下星期一会做第一次活人试验,你有没有兴趣来现场看?"

"现场? 你是认真的吗?"巫真对光栅所知不多,但好歹也知道是个重要发明,这种机会确实非常难得。

"是的,我是认真邀请你的。你可以和媒体记者一起坐在演讲厅看现场直播,怎么样?"

巫真挥挥手,"我是侦探界的雨男①,所到之处,都有命案发生,

---

①日本传说中的一种怪人,只要跟他一起外出,很快天就会下雨。

不是出现密室杀人,就是出现连续杀人事件,而且很有可能两样一起来。如果我去了,也许你的试验会莫名其妙泡汤。"

张学然又喝了一口咖啡后才道:"你要对我有信心呀!光栅系统非常稳定和成熟,绝不可能出现什么差错,你来就当支持老同学吧!"

"我想支持你,不过,我们还有别的案子在忙。那天有约,推不掉的。"

巫真找了个借口。不知怎的,他觉得和张学然这个昔日的同窗、今天的科学精英重遇,竟然感到莫名的压力。他想尽快脱身,最好最好,不要和张学然再见面。

张学然当然不知道这一切,只道:"不打紧。能跟你联系上,我真高兴。"

"我也是。等你试验完成后,我们再出来庆功吧!"

类似的话巫真说过很多次,不管言辞多热情多诚恳,但根本不会再联络对方。

不过,他万万没想到,这次会是例外。

3. 试验前一天

不像张学然等人有乘船离岛的配额，陈志伟没有配额限制，可以每天都出入。原因不必细想就可以猜到：让他自出自入，才没有逃离试验的压力。

陈志伟没有浪费机会，几乎每天吃了早餐后就会乘船离开岛，去他以前常去的地方写小说、吃茶、看街景，顺便回忆以前的生活点滴。他老婆陈子慧像影子般相随，不是坐在他对面，就是手挽手并排而行。

只是她不多话，偶尔开口，也是一句起，两句止。

她想说的话，已经早就说完，如今只想在他身边。

活人传送试验前一天，他们决定买菜回岛上的宿舍做饭。两人没有多话，只是默默进食有着五道菜的晚餐。

陈志伟收拾碗碟进厨房去清洗时，听到身后有脚步声，他停下手来，期待她说些什么，但她沉默了一阵仍不作声。

"我知道你在想什么。"陈志伟用清水洗掉手上的泡沫，转过身来，"怎么到现在还这样想？有什么好怕的？你也看过最近几次试验，真是完美无瑕，想想未来的人就是用这种方便的办法轻松前往世界各地，不是很美好吗？"

她的脸上有几道泪痕，手背也是，"那些都只是试验，算不得真。万一出了什么差错，你就什么都不是。"声音有点沙哑。

"你觉得哪一个环节会出问题？"

"我说的是万一。"

"万一？我觉得发生问题的机会可能只有亿万分之一！而且你想想这种钱多好赚啊！你说我要写多少本书才能赚到这么多的钱？恐怕一辈子都不可能。我只要做好几次传送，就有钱支撑我的作家生活，你也不用上班，何乐而不为？而且，托光栅之助，我也终于有点知名度了啊！"

"我宁愿回去上班，就是辛苦点，但起码不用担惊受怕。"

"我们都不再年轻，快四十岁人了，还能找到什么工作？"

"要找的话，一定能找到。"

"等你找到再说。"

他越过她，走到客厅，厅里有一面向海的大窗。一片漆黑的大海传来阵阵海浪声，"以前我们有可能住在面向大海的地方吗？"

她慢慢踱到他旁边，"其实，你有没有想过我？万一试验失败，我会永远失去你。"

"你想太多了，不会有事的。"

"没有钱是这么好赚，你一定会付出代价。"

看见陈子慧眼角再泛泪光时，他想起了面试那天。

面试地点在一家酒店的大厅里进行。应征者先要看一部一个小时的短片，花三个小时完成笔试后，才排队进行面试。

单是竞逐这份还没有到手的高危险工作，便要花上大半天的时间。

"为什么要搞这么久？"

"别傻了，我们只是帮他们做免费宣传而已！"

"真浪费时间!"

很多人去到酒店现场看了流程图后,纷纷打了退堂鼓。

陈志伟才不会被吓倒,他自负比一般人聪明得多,一下子就看穿了这个面试流程安排的用心:那个光栅传送试验并不是只进行几分钟,而是一场要花上好几年才能看到结果的大型科学试验,过程就是反复的试验,少一点耐性都不行。所以,一个人如果连几个小时的等待也不愿意,根本就不适合做受试者。

陈志伟继续排队,好不容易终于可以进场看影片时,已过了一个多小时。

影片深入浅出地介绍了光栅的原理和目前试验的进度,本身就有令人昏昏欲睡的催眠功能,但陈志伟仍然全神贯注地看完。又过了一个多小时后才轮到笔试,一共要回答三百道选择题,在计算机界面上作答。

答完后,领一个号码票,在大厅里又等了一个小时,陈志伟才进入会议室,面对由五人组成的面试小组。

自我介绍完毕后,面试官私下讨论了一阵。陈志伟觉得他们对自己好像很感兴趣的样子,频频点头而且脸带笑容。其中一人曾以开玩笑的语气问他:"万一你死了,岂不是无法写出伟大的作品?我们也变成千古罪人。"

旁边的四个人也跟着笑起来。

"如果我挨饿,一样无法写出伟大的作品。你让我做受试者,能丰富我的阅历,增强我作品的内涵。"

接下来是五人轮番发问:

"你觉得穿过光栅时你会变成什么?"

"穿过光栅时你会想到什么?"

"穿过光栅前一天你会做什么?"

虽然他爱写小说,自问想象力也够丰富,但并没有预料到这些问题。他觉得老实回答就是最好的答案：

"说实话我没有想太多，但我对你们有信心，而且，如果能够成为第一个穿过光栅的人，我觉得是不枉此生……"

一星期后，他进入第二轮面试，不过，这次去面对由三个人组成的面试小组的并不是他，而是陈子慧。

他后来问陈子慧他们问的是什么问题，她却没有仔细告诉他，只说问题很多，多到近乎疲劳轰炸。

他觉得那其实是压力测试，考验两人面对压力时怎样应对。受试者最大的压力，往往来自家人——这是很理所当然的吧！

经过第三轮两人一起面对考官的面试后，他终于从全球上万个应征者里脱颖而出，搬进研究园那个面积约五十坪①的工作人员宿舍，不必再挤在市区只有十坪、连转身都困难的小公寓里。他写的书一直不好卖，挣不到多少钱。版税无法养活他，更遑论让他和陈子慧住进一个舒适的家。

只有参与光栅传送试验，才有可能改善自己的生活状况。

几个月来，他经过各种专家的辅导跟讲解，耐心等待多时，终于等到自己出场的大日子。

这也是人类史上第一次进行活人传送的大日子。

动物传送和模拟人传送都成功。如今欠的，只是活人那一环。

如果他能传送成功，将会名垂青史——就像当年阿姆斯特朗登月成功，世人只记得航天员的名字，而不是背后的科学家团队。

人们还记得阿姆斯特朗的名言："我个人的一小步，人类的一大步。"

①港台用于计量房屋面积的单位，一坪约3.3平方米。

张学然没有叫陈志伟事前准备讲辞,一来怕这会意外成为遗言,而且也不想行事太高调,所以没有通知电视台做直播,只是把过程录像,等成功了,才上传到网络上,以留传后世。

陈子慧在现场,而且是全场最焦虑不安的一个。

传送试验进入倒数阶段,很快就会开始。

现场众人屏息静气,为试验做最后准备和检查。

光头的陈志伟脱光身上一切衣服,全身赤裸,走向传送室,像婴儿走向巨型的人造子宫似的。

踏进去前,他还回过头来,脸带笑容,向陈子慧挥手。

陈子慧也向他挥手,脸带笑容。可是谁都看得出,这笑容有点僵硬。

不过,没有人会在意她想什么。

陈志伟踏进传送室后,大屏幕上现出他的立体图,仿佛像一场魔术表演。

张学然坐在指挥台示意开始倒数程序。

光栅传送,本身就像科幻大师阿瑟·克拉克所言:"非常先进的技术,初看都与魔法无异。"大师本身,也写过以光栅传送为题的科幻小说。故事里的人因意外而失去手脚……现场所有专家都读过这个篇幅很短的故事。

倒数至零后,立体画面里的陈志伟身体给分割成无数块,从头到脚一直扫描下去。

陈子慧看着这些变化不定的数据,心头噗噗乱跳。不错,她是上过课知道光栅传送的原理,但所知的一切只限于表面,等到陈志伟本人被传送时,她早已把所知的抛诸脑后忘得干干净净。

张学然目无表情,注视着种种数据变化。

陈子慧知道传送室里的陈志伟已经开始被分割,心爱的丈夫目前已经不再完整。

如果中途出什么意外，他就会再也无法合起来，死无全尸。

——太可怕了。

——停止！不要做这么可怕的试验！

——我宁愿不要钱，我把钱全数退回给你们！

她想呼喊，想阻止，可是，传送已经开始了，无法停下去。

她想起和陈志伟初相识是大学时在图书馆。据说这是已经没有多少人愿意泡图书馆的时代，所以，她没想到居然还有人像她般热衷读书，而且大半天下来无所不谈，几乎第一眼——不，第一次交谈——就喜欢对方，而且大家都喜欢德彪西如梦如幻的音乐，都喜欢印象派的画作，都喜欢坐在太阳底下看书，都喜欢写作……两人不断挖掘对方的灵魂，而且也同时在对方身上找到自己。结果，大家都无可救药地喜欢上了对方。

看着其他人都是以财富、美貌、社会地位等种种外在条件去挑选另一半，或者只不过是玩恋爱游戏甚至一夜情，让爱情沦为排解寂寞的工具，他们很庆幸能找到真正的灵魂伴侣。

可是，他们面对的是现实的困难。

大家的兴趣都难以维生。日间工作，晚间写作，成为他们十几年来的生活写照。断断续续的写作，不适合创作长篇巨构。陈志伟花了好长时间，才写出第一本长篇小说，但销量却不怎么样，市场残酷，生活逼人。两人到了三十多岁，都找不到稳定的工作，不得不一直打散工维持生计，赚来的钱仅够糊口。

不过，陈志伟一直都说，只要能和她在一起，再穷也值得。她以前也认同。可是，四十岁后还过这种朝不保夕的生活，叫她难免质疑自己的生活态度。有时两人会因为手头拮据而吵架，完全是由买东西多花了钱、忘了关水龙头、坐车还是走路等鸡毛蒜皮的事引起的。

大家都知道根本原因是怎么一回事，所以，陈志伟好不容易终于找到这份高风险的传送试验工作时，她的想法一直在同意和不同意之间摇摆不定。

终于，到了最后，她找到自己的真实想法。

"不，你给我回来。"陈子慧不只在心里呐喊，而且还叫了出来，吸引了全场人的目光。

"放心，他很快就会回到你身边。不，他已经回来了，就在门后面。"

张学然透过麦克风说，全场人发出轻松的笑声。

果然，陈子慧刚开始担心时，一切已经结束。

她问过张学然："人在被分割时，到底脑里还会想什么？"张学然笑着答不知道，"那个时间太短了，也许还没有来得及想什么，整个传送过程就已经完成。"

可是，她的内心像过了一辈子那么久。

幸好这已成为过去，陈志伟就像张学然所说的已经回来了。

负责接收的光栅打开门后，一阵低温引起的白烟冒出来，但陈志伟的身影迟迟没现身。按照程序，在传输完成的同时，陈志伟会被机器人穿好便捷套装，然后自己走到隔离门前，向大家挥手，接受大家的掌声……

陈子慧什么也听不到，只听到自己的心跳声，说是比雷声更响亮也毫不夸张。

她跟其他人一样，目光聚焦在门上。

两个工作人员听从张学然指示去光栅那边查看。光栅里没有灯，其他工作人员只好用白色大光灯射进去。

现场肃静死寂了一瞬后，一阵阵惊叫声才此起彼落。

有人马上昏倒，也有人奔门而去找地方呕吐，但更多人马上就吐了出来。

其他人即使看不到，也已猜到不妙，不约而同用手掩口。

现场突然变得兵荒马乱。

张学然木然了一阵后，按照一般事故的应急预案继续指挥属下，救援队伍也马上行动——尽管出了这意外已是返魂无术。

等有人想起陈子慧时，她已倒在地上不省人事，虽说她好像并没看到陈志伟出的是什么意外。

陈志伟的头脱离了身体，在光栅里兀自摆动，血正自他颈下汩汩涌出，形成一个令人惊心动魄的小血池，而且正不断用力向外伸展，像是代他发出最后的呼唤。

4. 老同学

最近这几天,巫真为受托一起三十年前的悬案去图书馆查看旧报纸的缩微胶卷。

在网络早已入侵日常生活的时代,硬盘便宜得不得了,更别说云端了。缩微胶卷这种旧时代的产物,因无法用关键字搜寻,无法连到网络上,无法轻易复制,早已成为一种非常过时的资料储存方法。

就在他全神贯注工作时,冷不防林菁菁在背后低声道:"你的朋友出事了!"

"朋友?谁?"

巫真的思绪犹在三十年前的世界里载浮载沉,那是个和现在截然不同的时代,别说没有无处不在的网络,连手提电话也还没有普及,社会的生活节奏比现在缓慢得多,必须动用跟现在完全迥异的思考方式。

"就是你那个小学同学张学然的科研项目,记得吗?"

"光栅?"

"活人传送试验失败了。那个受试者的脑袋和身体分了家,视频没有公开,但肯定是惨不忍睹。那人是个作家,虽然不怎么出名,但现在的新闻都在介绍他的生平。他的作品也终于在网络书店上大卖,全部冲上畅销书榜的榜首。"她把计算机上的新闻指给他看。

"人就是这样,常常要等到作家死了才找他的作品来看。"

"你要不要打电话给张学然问候一声?"她问。

"唉,稍后吧。他现在肯定忙得团团转,开会,应付媒体,当然,还有挨骂。"

"所以,你要负最大责任。"她双手叉腰,居高临下注视着他。

"我负什么责任?"他一脸无辜地问。

"要是你去了,也许什么事情都不会发生。"

"开什么玩笑?! 我不是有'侦探界的雨男'之称吗? 所到之处都会死人,我走过的路是由尸体铺成的。"

"可是这次你没去,还是照样死人。"

"试验失败的原因是什么?"巫真没兴趣再耍嘴皮子。

"还没查出来。"

"还不是技术问题。这种高科技总会出意外,有什么值得大惊小怪?"

"据媒体说,这次试验的成功率应该高达百分之九十,还拉了保险公司合作。万一试验失败,他老婆可拿到五千万。所以,他迟早会找上你的。"林菁菁叹了口气,"我刚刚想到另一件事。"

"说。"

"不是你容易碰到凶杀案,而是和你接触过的人都会碰到凶杀案。"

"那也许我该多结交政客做朋友。"巫真苦笑。

5. 内外交逼

　　张学然回到宿舍一个人静下来时，已是晚上十点多。

　　试验失败不但惊动了董事局，而且惊动了全世界。即使没有现场直播，但媒体发出的新闻已经很快传遍地球上每一个角落。就算早前没留意科技消息不关心光栅研究的人，现在也不但知道光栅是什么一回事，更知道光栅的第一次活人传送以失败收场了。

　　这个第一印象会深入民心，久久不能磨灭。

　　他的研究团队由于胜券在握，根本没想到会在这个阶段突然失手，也因此没有准备万一失败的后备方案，被杀了个措手不及。

　　面对这种局面，无论张学然自己，还是董事局主席，包括其他几个"候选人"，都莫衷一是，找出不同的理由来推却直面公众。最后，董事局急忙找了一家公关公司救场，正式发布新闻，以给公众一个交代，但整个风波并未彻底平息。

　　张学然身为领导团队的专家，自是最为狼狈。

　　事后不只马上要开紧急会议商讨对策，还有几个接踵而至的小会，一个接一个，令人疲于奔命。

　　不幸中之万幸的是，这次光栅试验没有好大喜功地安排电视直播，否则震撼力更猛。

　　张学然和几位资深的队员在会议室里被"福禄寿"三星及其他董事局成员连环质问,解释了两个多小时。他们翻来覆去地提出相同的问题,只是换个说法而已。

　　他们关注的只是项目能否继续下去,投资是否会血本无归……至于试验本身的安全性和受试者家属情况,则无人过问也没人关心。

　　最后,公关公司的人在对光栅技术一知半解的情况下担任发言人,记者会上不设发问环节,把技术失误说成意外……董事局决定在两个月内成立调查委员会。

　　这一天他就是如此度过的。

　　早上试验失败后,别说午餐和晚餐,他连水也没喝过一口。

　　一切都来得无比急促和匆忙。

　　不过,所有人都对他投来饱含怀疑、歧视和不满的目光,仿佛他已变成了失败者,永远无法翻身。

　　换了别人,可能早已撑不下去,可是他知道自己一定要撑下去。他知道,光栅失败绝对不是意外这么简单。

　　经过镜子时,他看见自己灰头土脸。那一身霉气仿佛在一百万光年外也看得到。

　　他告诉自己:只要坚持到最后,一定可以反败为胜。

6. 求救的科学家

第二天,巫真果然接到张学然的电话,听他讲了另一个版本的故事。

对于光栅传送的原理,巫真根本没有搞懂,只知道张学然把人传来传去。坦白说,这么复杂的案件他一点也不想接。要深入调查这个科学试验不单会叫他死去很多脑细胞,还会勾起他中学面对方程式元素周期表时如接触外星语言般一筹莫展的痛苦记忆,他宁愿接那些对人类文明发展毫无意义的情杀案。

"警方不是会负责吗?"巫真希望能找到借口推掉。不管这案子能赚多少钱,自己也没有能力去赚。

"警方认为是试验出错,只是技术出错,所以不会介入调查。"

"不是说会成立调查委员会吗?"

"没错,可是最快也要两个月后才能成立。"

"为什么?"

"要成立委员会很困难,他们不能是其他团队的人,怕有利益冲突,怕他们从中发现我们光栅技术的细节。专利的部分我们不怕,因为即使他们知道,也有法律保护而无法抄袭。我们怕的是那些无法取得专利的概念,所以,只能找知道光栅原理却又不是从事光栅工作的人。"

什么是"无法取得专利的概念",巫真完全不明白,"抱歉,可否用浅白一点的话再讲一遍,我一时间还无法理解。"

"总之,这些人选很难找。而且,这类调查要反反复复做试验,花很长的时间,短则数月,长则一年半载,也许最后什么也找不到。"张学然耐心解释道,"但对开发团队来说,却会因此也放慢研究速度,研究成果可能会被其他团队迎头赶上,研究只好被迫中止。"

"听来就像有人破坏。"巫真应道。

"没错,而且是蓄意谋杀。"

"这是很严重的指控,你有什么证据?"

"没有。"

"没有?"

"就是因为没有才要找你啊!"

"可是你又怎么会认为是有人要破坏?如果是团队里的人破坏,导致项目结束,没有人能拿到好处。"

"那个破坏者的好处不是从我们团队里拿,而是从其他地方拿。目前全球有好几个团队在研究类似的项目,我们处于龙头地位,要是停下来一年半载,就像我刚才说的,一定会让其他团队抢在前面。如果投资者被吓跑的话,就完蛋了。"

"所以你认为那个破坏者是其他团队派来的间谍,拿了钱来搞破坏。"

"很有可能。"可视电话的屏幕上,张学然的眼神很是无助,"请你务必把他揪出来。我知道你很忙,就算不是看在老同学的分儿上,也为那个受试者想想,我不想他就这样死得不明不白。"

巫真知道那人的背景,他老婆在电视上哭成泪人,泣不成声——这种表情巫真见得多了。

"不错,是有犯罪动机,可是你为什么找我?"

"你是名侦探嘛。"

"我完全不懂那些科学理论。你们科学家才是专家。"巫真没有信心解决这次的难题,便拉开话题,"名侦探不是万能的。我有些客户还以为我们侦探看过很多尸体,会以为我们习惯了尸体,甚至喜欢和尸体打交道多于跟人,以为我们已经看透生死,是哲学家。其实,我们和普通人一样怕死。"

"我没你想得那么形而上,我是讲求实证的人,只想破案。不错,我们是科学家,但只懂科学,我可以做研究写著作发表演讲,但不懂做犯罪调查,不懂办案程序,不懂交叉盘问……"

"可是你用了'交叉盘问'的字眼呢!"

"那是因为我有时会看犯罪电影,当然完全不能跟你们专业侦探的推理能力相比啊。"

巫真谈电话时,林菁菁就站在画面旁边,也会不时打手势给意见。她似乎很有兴趣,不过,还存有疑问。他知道她在想什么,便对张学然说:"我对光栅所知不多,实在没有多大信心。"

"放心,有我这么一个专家,没有技术细节可以难倒我。其实光栅的原理不是很复杂,警方找借口才推说那是只有天才才能理解的东西。我们稍后会给你讲解原理。不过,你不就是那个天才吗?"

林菁菁不禁失笑。看来他的回答,意外地解答了她的问题。不过,还有最后一道难关,这也许才是调查最关键的一步。

巫真问:"我们都是外人,有什么权力做调查? 你怎能保证那些科学家会合作?"

"我会叫相关的科学家通力合作。其实你想想,要是我们的项目死掉,他们全部都要走路。要是有谁不合作,他自然也很可疑。"张学然信心十足,"只要你出马,一定可以破案。"

巫真看到林菁菁在一旁用力点头,示意他马上接这案件。

巫真觉得自己没有什么选择余地了,只好说:"好,我答应你。"

"谢谢!关于钱的方面——"

"我们——"巫真望向林菁菁,她再次点头,"可以给你们打折,就当是——"

"不用,这次的钱虽然不是由董事局出,而是出自我自己的口袋,但我还是会付足,不用给我折扣。"张学然一脸感恩,"你肯出手相助,就已经很够朋友很够义气了。"

"别这样说。"巫真的收费绝不便宜,光顾的客人一向都是富豪或者企业,像张学然以一人之力自掏腰包,巫真觉得有点说不过去,但转念又想,这种科技新贵也许赚了不少钱,自己不应看扁人家。

张学然道:"其实你在忙别的案子,我插队要你来帮忙,已经犯规了吧?"

"也不算犯规。那个悬案反正都拖了三十年,要沉冤昭雪也不差这三个月。"巫真坦白说。

"三个月调查完毕?你有这信心?"张学然惊问。

"我们从来没试过一个案件要超过三个月的。"巫真没说的是——我也想替你省荷包,我们可是按天数计费的。

张学然想要挂线时,又道:"我想起另一件事,你懂股票吗?"

巫真对投资和股票这些东西认识不深,"不是太懂。"他岂止不懂,简直是讨厌这玩意儿。在他看来,炒卖股票不过是比赌博稍微高级的玩意儿。

"那我简单说说。"张学然解释道,"我们这家科技公司的股票不公开发售,是封闭型操作。作为报酬,团队的每个成员都会拿到一点,但数量也不多。大部分股票都由基金公司控制,他们持有的股票达到某个百分比后,可以派人进董事局。另外,成员之间也可以私下进行股票买卖,这玩法和以前的科技公司有点不一样。听说我们股票的估价已经屡创新低,再跌就会变成废纸了。"

"你意思是说,只要变成废纸,你们公司无利可图,就会结束?"

"没错,敌人看来只是杀了一个人,但其实是打算用金融战谋杀我们。"

7. 科技岛

巫真和林菁菁登上张学然的游艇时，发现对方眼神里除了一贯的自信外，还新添了点忧郁。两种差异很大的神态碰撞起来，在他脸上形成难以解读的表情。

张学然身上穿的虽然是休闲服，但表情绝不轻松，而且手上还捧了本书。

三人已经不是第一次见面，握了手客套几句后，很快进入正题。

张学然已经和以前那个自以为是、高高在上的天才儿童完全不一样了。这种感觉比上次见面强烈得多。他以前在学校时连招呼也懒得跟人打，说话单刀直入，如今见多识广后，人也变得圆滑了。

张学然不知道巫真心里想什么，径直说："我们整个项目里有三万多名科学家和技术员，还有几位诺贝尔奖得主。"

"要这么多人吗？想不到岛上有这么多人。"

巫真其实不知道一个三万多人的科研团队到底是大是小，不过，如果当成公司来看的话，三万多人怎么说也不算少。

"不，这三万多人分散在世界各地，各有所长。有些只提供顾

40

问工作,有些只做前期阶段的工作,不必全部集中在这里,只要通过网络上的视频工具就够了,而且他们另有专职,只能做后台支援。在岛上的三十多人大部分都是核心成员,本人一定要留在这里。"

"核心成员只剩下三十多人,怎么一下子缩小了这么多?"

"光栅的运作有固定流程,而且已经标准化,变成程序储存在计算机里。到真正做试验时,可以由计算机呼叫既定程序自动操作,不必由人工操控。而且,光栅核心其实是一个人工智能系统,叫'悟空'。它内置专家系统,收集和整合了团队各人的意见,能够自己解决很多问题,省下了我们不少工夫。在科研上,琐碎的问题最烦人。"

"为什么叫'悟空'?"巫真问。

"孙悟空的筋斗云一瞬间就能去到老远的地方嘛!"张学然一脸理所当然。

"既然它是人工智能,可以直接问它:到底为什么会出意外?"林菁菁道,"不过,我想你们一定问过了吧!"

张学然点头,"说得没错。它说当时失忆,脑袋一片空白。"

"计算机也会失忆? 它不是人类啊! 不是会把操作程序记录存下来吗?"她又问。

"不只是操作记录,我们会把各方面的数据全方位记录下来,但出事那天却出现了怪事,我们只拿到一部分记录,其余都没有存下来,原因不明。"

"有没有可能遭黑客入侵?"她追问。

"我们早就考虑过黑客问题,"张学然答道,"所以,'悟空'的作业系统并不是外面很多人会用的那种,而是我们找大学里的专家特别建立的,在外面根本没人用。当然,我们不排除有黑客会懂,或者是从这里离开的专家,但这种概率很低。老实说,很多人就是受不了要跟'悟空'打交道学艰深的程序语言才离开的。"

"要学很久吗?"林菁菁问。

"因人而异。我的同事中有人学了半年,我只学了几个星期。"张学然轻描淡写道。

巫真心想,自己可能一辈子也学不会。他曾经因为调查银行的保安系统而找过些程序码来看,只看了几行就头大,结果把案子推掉了。他无法想象自己要靠写程序码为生。

"不是说还有其他光栅团队的吗? 他们用的计算机系统是否类似?"巫真问。

"详情我不太清楚,但从他们有限发表的文章看来,虽然表面上不一样,各家都用自己的一套语言,其实本质上大同小异。"

"所以你怀疑是内鬼发动攻击?"巫真追问。

"对。"

林菁菁眼睛瞄向张学然手上的纸本书,"我以为像你这么喜欢高科技的人,不会再拿本实体书在手上阅读。"

"当然不是,就因为这是电子书时代,所以看实体书才更有意义。"张学然把书拿出来,是冯尼古特①的《五号屠场》。书外观很旧,看起来很残破,但书纸还很新。

"可以借来看看吗?"她又问。

张学然把书递给她,她发现外表的残破只是缘于印刷设计,复复古风。这本是不折不扣的新书。

张学然补充道:"我念大学时看了开头,始终看不完,我不习惯作者那种突然展开时间旅行跳来跳去的叙事手法,让我不知道前因后果,很快就在纸页里迷失,就算后来还带了这书去德累斯顿旅

---

①库尔特·冯尼古特(1922~2007),美国作家,黑色幽默文学代表人物之一。他创作的小说《五号屠场》以第二次世界大战中遭盟军轰炸的德国城市德累斯顿的惨状为题,是反战作品中的经典。

行,也一样看不完。没想到再次拿起手认真看时,已是大学毕业十几年后。现在这种纸本书也不多了。"

巫真点头,"现在是电子书时代嘛!纸本书都是按需印刷,如果只看一次的话,实在很不划算。"

"冯尼古特这本是经典,值得一看再看。"张学然道。

"等等,你刚才说念了大学十几年后? 你和我差不多大吧!"巫真觉得自己大学毕业也没多少年。

"这个嘛……"张学然有点不好意思道,"我中学后接连跳班,十四岁进了大学,念了两年后就毕业,三年后拿到硕士,二十二岁拿到博士。"

巫真知道张学然厉害,但没想到这么厉害,不禁咋舌。

抵岛后,张学然贯彻务实作风,略微介绍了岛上的环境后,就直接带着巫真和林菁菁两人到了会议厅,没有浪费一秒钟。

巫真来到了在电视上见到过的现场。

他记得当天这里聚集着很多人,而且气氛紧张,如今却空无一人。大概是因为过于冷清的原因,这里看起来比电视上看到的要大,和一个篮球场馆大小相仿。

现场上的两道光栅,就像时装店里的试衣间。在光栅底下,像八爪鱼般拉了很多线,除了两道光栅之间的互连外,也连接到旁边好几台巫真叫不出名字的大型机器和终端机上。

"怎么不用无线的?"巫真问。

"无线有时不稳定,而且也容易受干扰。"张学然弯腰抓起一根粗大的电缆,"我们这些通讯线有很厚的保护层,即使放个干扰器在旁边也不会受影响。"

"现在可以开动吗?"林菁菁问。

张学然把线放下,站起身来,"技术上我可全权控制,以便进行调查。不过,在调查委员会来到之前,谁都不能启动。"

巫真望望林菁菁，她没什么表示，他只好道："那我只能眼看手不动，比起科学馆里可以让小孩子来点互动还不如。"

"也不一定，就是看，也能看到很多东西。"

"看什么？"

"电视上没有播出来的细节。"

张学然从衣袋里拿出三副眼镜，一副给巫真，一副给林菁菁。

"要看立体影片吗？"巫真接过。

张学然以笑容代替回答。他似乎是用手机当遥控器，先把会议厅的灯光调暗，再戴上眼镜。

会议厅很快又变亮了，而且一群人在几秒内出现。巫真虽然知道这些全是影片内容，但感觉很真实，而且像极了电影《闪灵》里男主角在深山的饭店舞厅里突然见到过百宾客衣香鬓影的情节，诡异得不得了。

真实的张学然在他身边，另一个张学然却在眼前，身处一层层工作人员的包围之中，穿着严肃拘谨得多的西装外套，正在发号施令。

巫真的目光随众人一同移向刚从门口进场的光头陈志伟。他和老婆挽着手进场，像一对刚结婚的新人进场接受亲友祝贺。所不同的是，女方脸上没有笑容，而他的笑容更是一种明显的堆砌，牵强得很。

两人走近光栅前要分别时，他牵起她的右手，在手背上轻轻一吻，双眼含情脉脉。就在他刚转过身时，她突然从后抱住他，把他身子扳过来，在他脸上吻了好几下。

"放心，你们等下回去后还可以吻个够本。"张学然通过麦克风说。

"再做其他事情也可以。"旁边有人打趣道。

这一唱一和，引发了哄堂大笑，她也终于笑了，放开他，眼有泪

44

光。

他走向光栅。

巫真觉得自己好像来到了现场,不由得想阻止陈志伟,让他别走向死亡。

陈志伟脱下所有衣物,全身一丝不挂,身上毛发都剃光,走进光栅前,还回头向妻子挥手道别。她潸然泪下,仿佛生离死别。

巫真有点纳闷儿,问道:"不是连做了很多次成功的试验吗?她应该很有信心才对,怎么好像早就知道会失败,一副生离死别的样子?倒是她丈夫像从容就义似的。"

"怎么有个女人在身边,你这神探还一点也不了解女人?!"张学然酸了巫真后又不忘自嘲,"不过,我也不比你好多少。"他摊开手,示意巫真和林菁菁继续看下去。

陈志伟走进光栅关上门后,外面的绿灯变为红灯。张学然解释道:"红灯亮了后,门从外面和里面都无法打开,目的是让人无法中止传送程序——在那个时候,中止远比继续更可怕。"

"还没开始吗?"巫真问。

"快了,你看。"张学然答。

那个正在指挥却只存活在影片中的张学然道:"启动传送程序。开始倒计时。"

会议厅里的大画面出现了数字,从10开始递减。

现实世界中的张学然说道:"光栅的原理其实很简单,就是把传送物件打散为光子,经过光子管道送到目的地后,再重新整合。"

"要用上几千人的团队,其实并不简单吧!"巫真道。

"没错,操作起来一点也不简单。外人往往以为把物件打散这一步最简单,整合最困难,其实刚好相反。怎样打散,才是最关键的一步。"

"打散有什么困难?"巫真的思路有点追不上了。林菁菁看来倒像不当是一回事。

张学然答道："单纯的打散毫不困难,但稍后要把光子结合起来就麻烦了。你要使散掉的光子结合起来,就要在打散前记下每一个光子的位置。"

张学然看见巫真的表情,怕他听不懂,又道："就像以前西方列强在文明古国到处抢掠时,把古代的神殿整个拆掉前,不只会先拍下一张张多角度多方位的照片,还会在每一块砖头上加编码。这样回到自己的国家后,就可以一块块地把砖砌回去,让建筑物还原。在柏林的佩加蒙博物馆,就是这样把宙斯大祭坛和巴比伦伊斯塔城门整个偷了回去。"

"他们大概会美其名曰'为考古和发掘'。"巫真苦笑道。林菁菁没有多话,只是点头。

张学然说："不过,没有他们去偷的话,那些古董后来也可能会在战争或暴乱中被人为破坏毁掉。这种盗窃国宝的行为,对物主的国家来说肯定是损失,但对所有有志于研究人类文明的专家,或者对一般人来说,却是好事。好和坏,有时并不容易区分。抱歉,我离题太远了。"

"我明白,天才的想法比我们凡人跳跃得多。"林菁菁道。

"过奖。"张学然的笑容有点勉强。

巫真觉得,这个张学然和以前那个目无表情的张学然真的很不一样了,他继续问道："简单来说,原理就和拼图差不多,不过,光栅还要是立体的,对吧?"

张学然答："对,但也不只是立不立体的差别。光栅用的是三维的立体坐标系统,所以,两道光栅的大小要完全一样,否则,光子在两套不同的坐标系统下,结合时身体各部分就会分离。"

"就像这一次吗?"

"不,如果是分离的话,根本最后无法还原为本来面貌,连人形也称不上,绝不会像现在这样身首异处,好像被人在颈处斩了一刀。"

"会不会是头脑和身体之间的结合出了问题?"林菁菁突然发问。

"你的意思是……"张学然问。

"就像头脑和身体之间有一道分界线,结合时就分为两个部分,一个是头,一个是身体。"她说。

"不可能,技术上完全不成立,因为传送时,光子是连同位置一起传过去的,没有人能调整位置。这完全违反物理学定律。"张学然指正道。

"我不懂物理,不过,有没有可能物理学定律出了错? 或者有什么不足之处?"巫真问。

"不会吧! 我们这么多科学家,不可能都出错。"张学然用权威的态度答道。

"你们现在不就是出了问题?"面对这么复杂的情况,巫真觉得有可能真的如警方所料,是技术出现了问题,只是张学然和他的团队不愿意承认错误。

"如果这是蓄意破坏,就不是我们的问题了。"张学然立场坚定。

"有没有证据?"巫真问。

"有,但不是直接的证据。我刚才说过试验时的光子传送,简单来说就是从打散人体、把人体变成光子开始,再把光子束从一个光栅传送到另一个光栅,最后就是把光子结合还原为人体。这个你记得吗?"

"你继续说。"

"这次试验所花的时间比我们预计的多了五倍。我们本来预算只要一分钟左右就能完成整个过程,结果等了整整五分多钟。"

巫真看到,现场的工作人员十分紧张,他们的视线除了紧盯传送光栅外,同时也紧紧盯着大画面上的计时显示。

张学然又说:"不只是时间上有问题,另一个关键点是,计算机的记录上居然出现了不寻常的数据。"

"怎样不寻常法?"巫真问。

"出现了不连续的数字。"张学然的手凭空一抓,他们面前就浮现了一堆数字。

巫真看不懂这组数字的意义,只知道如张学然所言,是不连续的,"这是什么意思?"

"我们还不知道,开始以为'悟空'系统坏了,光子迟迟到不了另一道光栅,这是以前从来没出现过的。当时已有人发现大事不妙,认为这场传送很有可能失败,所以,五分钟后,当光子终于去到目的地并完成结合时,我们以为又见到了曙光。结果,这只是虚幻的错觉。"

接下来,巫真和林菁菁目睹了工作人员的神情从失望焦虑变成充满期待,然后,工作人员打开光栅,赫然发现陈志伟身首异处。众人于是大惊失色,有人还开始放声大哭,短短几分钟内,众人好像经历了一程情感上的云霄飞车,高高低低起跌之后,竟然翻出路轨,酿成惨祸。

媒体记者也目瞪口呆,过了好一阵,他们才相继离场打电话——为了避免干扰,他们的手机都留在外面。

最后现场突然变安静了,人们停止了动作,凝住不动——巫真很快就知道不是出了什么问题,而是张学然把立体影片定格了。

巫真想起很久以前看过的一部纪录片,主题是庞贝古城。毁城灭邦的维苏威火山爆发时,很多人知道逃无可逃,避无可避,都不自觉地做出恐惧的肢体动作,或蹲下,或用手掩口鼻,或环抱自己。在被火山灰淹没时,他们就保持这姿势,直到千百年后在考古时才重见天日。

巫真眼前,就是这样一张张惊惶失措的面孔的定格。

换了他在现场,恐怕一样也是吓到不知所措。

"这就是整个过程,有没有疑问?要不要回头再看一遍?"张学然问。

巫真望向林菁菁,她摇头没有答话,便说:"不用了。我已经把影像记进脑里,恐怕一辈子都难以忘记。"这是真话。他们以前破的大案,顶多都是靠证人口述,再去到现场重组案情再做模拟,从来没如此身临其境,如此震撼。

"希望别变成噩梦就好。"张学然叹道。

"很难说。"巫真一脸认真,"刚才你说已经把整个流程编成计算机程序,一切都只是计算机自己在跑,那只要看看有谁在程序码里做过手脚不就可以了吗?"

"不行,里面可是有超过百万行的程序码啊!"

"不是有新旧版本对比的管理系统吗?"林菁菁插嘴道。

"连这个也知道,你懂的还真不少!"张学然有点惊讶,"我一直以为这属于软件工程的范畴。"

"知道这一点已经是我的极限了,我只知道皮毛,运作细节完全不清楚啊。"她说。

"你已经很不简单了,我要对你另眼相看。"张学然露出佩服的表情,"你们想过的方法我们都想过,但问题是,这个管理系统也出了问题,所以我们无法进行版本比较。因此,就算改变的只有一个字母,我们也要一行行去找。董事局决定,一切正式调查由日后成立的调查委员会展开。此外,程序检查也不一定有效,如果那人懂得进来改变程序,一定不会让你在程序管理系统里发现他。我们要用别的方法思考。"

巫真不明白张学然讲的到底是什么,但林菁菁却接得上:"不过,这是最直截了当的方法。"

"没错。"张学然黯然道,"但我一直觉得这对手很不简单,不会犯这么低级的错误,让我们抓到辫子的。"

巫真终于可以点头了。虽然他不懂什么程序码,但懂逻辑,所以张学然最后一句他再同意不过了。

张学然又道:"程序设计师写的是原始码,要经过编译器转换为计算机可以阅读的执行档。如果有人把做了手脚的原始码转换为执行档,再把原始码还原,那我们就始终不会知道原始码到底被做过什么手脚。"

巫真又不明白了,幸好还有林菁菁,她问道:"所以此路不通了。你们的系统没有保安设定来堵塞这漏洞吗?"

"有,就是要输入管理人密码。问题是,所有人都用同一个管理人密码。"张学然有点无奈。

这个管理保安的问题可难不倒巫真,他说:"这太扯了!那简直是'零保安设计'!"

"设计'悟空'系统时,我们资源并不多,大部分都用在光栅上,所以,在程序管理上就没有投入那么多资源。谁会想到自己人竟会进行破坏?"张学然不好意思道。

"有多少人拥有管理人密码?"巫真又问。

"二十多人。"

"换句话说,人人有嫌疑,个个有可能。"巫真不禁摇头。设计这系统的人实在太低估人性的丑恶了,以为每个人都是本性善良。最好的保安系统会质疑每一个人的忠诚度,包括系统管理员,连他的一举一动也会被记录下来,而且,在保安上的分工会非常精细,以免有人可以像上帝般操控一切。

人,永远是保安上最大的漏洞。

林菁菁沉思良久后问:"刚才提到的执行档,应该有最后更新的日期和时间吧!"

"让我检查看。"张学然打开计算机,从一个画面跳到另一个画面,最后终于停了下来,"咦,最后改动日期居然是出事三天前凌晨两点多,这不正常呀! 应该在一星期前已给锁掉无法改动。是谁改的? 我们竟然没去留意执行档的日期和时间,真是重大疏忽。"

"这里没有闭路电视吗?"巫真举头张望。

"当然有! 但这闭路电视主要是为监控外来者,所以岛上的同事都很清楚它们的位置。而且,如果这些高智商的科学家想刻意避开监控,甚至替换一截视频,你觉得是件很麻烦的事情吗?"

"所以它其实是形同虚设了。"巫真仔细推敲,又道,"没关系。最后改动日期那个时段,可以用来找不在场证明。"

"别忘了在那个时间大部分人都在睡觉,很难找不在场证明,包括我在内。此外,要补充的是,虽然'悟空'可以利用预先的程序操作,如果有急事的话,也可以换成人工操作,在终端机上直接输入指令。"

"这几天有发生这样的事吗?"巫真问。

"'悟空'失控后,我们已马上转为人工操作。"张学然答。

"当时有多少人操作?"林菁菁问。

"一个,就坐在我面前。"

"你是看着他输入指令吗?"林菁菁追问。

"对,每一个都看过。全部都是查询指令。他并没有改动系统设定。"

巫真不太明白林菁菁到底在说些什么,她在很多方面都胜过自己。

她又道:"看来我们的调查可以从两个方向展开,第一,找出你们敌人的作案手法;第二,找出他在程序里埋下了怎样的炸弹。对吗?"最后的问题是问巫真。

巫真点头，"大致差不多。对了，我们想看看那个传送者的尸体。"

"为什么?"张学然问。

"没什么特别原因，就是想知道他死状如何。"

"可以啊，我带你们去。"

张学然带他们离开大厅，穿过走廊，进入电梯后，按下二楼。

"二楼? 我们不是要离开这岛吗?"巫真狐疑问。

"为什么要离开这里?"张学然问。

"我们去看尸体，不是吗?"

"尸体就在这里。"张学然说得理所当然。

"可是人死了，还放在这里干什么? 不是应该办理后事吗?"

"不是啊。我们在合约上签订，如果出了意外，他的尸体可由光栅公司保存十年，做研究之用。所以，他的尸体被冷藏了起来。"张学然解释道。

"天，这简直不可思议。"林菁菁忍不住道，"他老婆不反对吗?"

"怎么反对? 那是合约的一部分啊! 当初签合约时已经谈过这一点。"

"是用特小的字号吗?"巫真问。

"不，我们的合约没有做手脚，除了标题以外，字号大小都是一样的。"

"你们的合约有多少页?"林菁菁问。

"大概一百二十页吧!"张学然想也没想。

"天啊! 他们怎能看得明白? 有律师陪同吧?"巫真问。

"有啊，不过懂得这些事情的律师收费很贵，所以他们找了个外行的过来，只帮他们在收益方面争取了较佳的条件。"张学然答。

"那他不太可能留心尸体处理的相关条文。"巫真说。

"没错。"张学然说。

"天,你们好奸诈!"林菁菁骂道。

"我们当然要尽量维护我们的利益。不过,我打从一开始便没有想到居然会保留他的尸体。而且,就算对方留意到,大概也觉得用不上。"

张学然刚说完,电梯的门就打开了。张学然先走进去,接着是巫真。林菁菁走在最后,但一钻进电梯后,她就转过身来,故意背向张学然。

巫真看出这是她的无声抗议。她的背上像写满了不满的字句。

他们来到二楼的冷藏室,阴森的灯光冷酷无情地逼视着访客,好像在说这里不欢迎,叫他们尽快离开。

巫真觉得在这个试验室似的地方,仿佛要处理的并不是人,而是超级市场里牲口的肉类。不,比肉类更不堪。人体要在这里被切割,被研究,甚至被当成不曾有过生命的死物。

张学然介绍了姓王的医师跟巫真和林菁菁两人认识。说是医师,却很瘦也很矮,加上戴着很厚的镜片,看来只像发育不良的中学生——要不是被顶上稀疏的头发出卖了年龄的话。

王医师领他们到一个大铁柜前,把其中一只抽屉抽出来。

一股冷气猛地涌出来后,受试者的尸体才出现在眼前。他平静地躺在铁床上,脸上挂着笑容。

"笑容不错吧?"王医师皮笑肉不笑地说道。

"看来是为了安抚妻子而装出来的。"林菁菁点点头。

"没错,而且持续到传送开始。"张学然说。

"所以,他也算是笑丧。"王医师刚说完,就发现其他三人目不转睛盯着自己,于是问道,"我说错了吗?"

"笑丧这词不能这样用啊!那只能用于形容人得享高寿过世。"巫真纠正道,语气很严肃。

"我只是灵活运用而已。"王医师说。

"难道你觉得他这样死,家人会高兴吗?"林菁菁问。

王医师收起笑脸,一本正经地说道:"他们可以继续哭哭啼啼,也可以认为他是为了科学而壮烈牺牲。如果是后者的话,他们就有笑的资格。"

巫真不想和这个思考方式异乎寻常的人吵架,便把注意力集中在这具尸体上——受试者除了身首异处外,和其他尸体没有什么区别。他问道:"伤口情况怎样?"

"他的头像被一把很锋利的刀切断了,非常整齐,我们几乎可以把每一条断了的血管接回去。"王医师答。

"可是,传送过程中不可能有刀吧?"巫真提出疑问。

林菁菁的手机响了起来,好像是上次那个女客户在找麻烦,她只好拉着巫真到外头商量。

张学然和王医师互相对视了一下,没有答话。

十分钟后,巫真和林菁菁回来了,一脸歉疚。

王医师把情况重新解释一遍后,巫真问:"如果是一把无形的刀又怎样?"

"无形的刀?"王医师斜睨着张学然。

"对,用空气做凶器。如果在传送时,指定颈上某一个割切面不传送,技术上可以做到吗?"巫真问。

张学然听了,当下恍然大悟,"就是这么简单,我怎会想不到?"

"到底是什么一回事?"王医师仍然一脸狐疑。

张学然解释:"很简单,就是把整个人分成三部分,最上面的是头,最下面的是身躯,中间的是颈。他所说的就是,只传送最上面和最下面,中间部分不传送。"

"可是颈子明明传送过去了啊!"王医师有点不解,望望张学然,又望望巫真,"不是吗?"

"如果中间这部分变得很薄,薄得连肉眼也看不到,你在现场是看不出来的。"巫真进一步解释道,"但是,这已经足以把上下连接的两部分——头和身躯——彻底分开,伤口大概也和你看到的差不多,对不对?"

王医师想了一会儿,"听起来好像没错。"

"可是这么一大片血肉,真的无法看出来吗?"张学然问道。

"如果真的是很薄的话,颜色会变得透明。你们见过很薄很薄的牛肉片或者鱼肉片吗?"王医师道。

"像灯影牛肉或灯影刺身?"林菁菁道。

"对,就是那种东西。"王医师连连点头。

"你怎能拿人和牛相比?!太恶心了吧!"连张学然也忍不住道。

"我的说法也只是一个比喻。"王医师说道。

"这样说来,可能试验过程中还有些东西会留下来,说不定我们还会找到。"巫真问,"光栅那边的现场没清理过吧?"

张学然点点头,"原封不动,没清理过,还有血在里面。我们可以去找找看。"

没想到王医师却浇了一盆冷水,"你们想得太美了。那天兵荒马乱,这么薄的一层血肉,应该早就随着室内气流不知飘到哪里去了,多半被进进出出的人无意间带走了。"

"那怎么办?"张学然有点慌了。

"这个在颈上做手脚的想法只是推论,还没有证据,我们也许要找出凶手后才能求证。"巫真安慰道,"我们不如先玩找嫌疑犯的游戏吧!"

众人回到张学然的办公室,看到墙上挂满张学然和其他专家的合影,也有好些是张学然荣登国际杂志的封面照。

——本世纪最伟大的科学家

——改变人类未来的科学家

——科学的心灵，张学然专访

各式各样的说法以大字标题的形式印在封面上，配上张学然的大头照，俨然成了跟霍金、何大一[①]、高锟[②]等一个数量级的科学家。

他看来很火红，远远超过巫真的想象。

"别认真，这些封面都是假的，是同事们用软件设计出来送给我打气的。"张学然有点尴尬。

"可是看起来跟真的没有两样。"林菁菁弯下身来看。

张学然道："我们这些做科研的，要拿出真的成果才能获得大众肯定。如果只是停留在理论阶段，哪怕再忙上一百年，依然算不上成功。"

"所以如果光栅成功，我看你真的可以登上各大国际杂志的封面。"巫真安慰道。

"没错。"张学然苦笑，"但我看，这次我们失败，还搞出了人命来，以媒体和大众幸灾乐祸和嗜血的本性，我已经够资格登上封面，甚至说不定已经登上了——这两天我什么报章杂志都不敢看。"

说罢，他把那些不断转换画面的电子相架全部关掉。

巫真不免觉得有些感慨——那些设计封面如今的确变成讽刺，嘲笑着这个辛苦钻研光栅技术的科学家。其实在这几天的报道里，记者们不但没有手下留情，而且极尽夸张之能事，用充满戏剧冲突的笔法，把光栅发展几年来的经过编织成故事，中间还加入

[①]何大一，国际防治艾滋病权威，1952年11月3日出生于中国台湾台中市，美国科学院院士，中国工程院外籍院士。

[②]高锟，华裔物理学家，被誉为"光纤通讯之父"，曾任香港中文大学校长。2009年，与威拉德·博伊尔和乔治·埃尔伍德·史密斯共享诺贝尔物理学奖。

什么科研界的政治斗争等,把一个严肃的科技事件写成了肥皂剧,一如娱乐新闻般,读者读了根本无法对光栅有更深入的认识。

"你觉得除了媒体外,谁可以从这次意外事件中获益?"巫真问。

"又是那种谁拿到好处、谁就有嫌疑的找凶手游戏吗?"张学然不禁失笑,"没想到有一天我会真的玩这游戏。"

"这是很好的推理方法,万应万灵。"巫真赔笑道。

"很明显,就是陈志伟的老婆陈子慧,她能拿到保险金。"张学然的答案超乎巫真和林菁菁的想象。他们脸上尽是难以置信的表情。

"她要杀老公?!"林菁菁问道,"他们刚才看来好像依依不舍的样子。"

"别被表面骗过了,其实他们夫妻关系并不怎么样。"张学然说。

"你听谁说的?"林菁菁摆出一副要追根问底的表情。

"没听谁说,是我观察出来的。"张学然示意巫意和林菁菁坐下,"我口渴死了。你们要绿茶还是果汁?"

"随便什么都行。"巫真道。

"只要是果汁,都行。"林菁菁道。

张学然从冰箱取出饮料,递给巫真和林菁菁后,径自把手上的绿茶一口气喝完。

"再不快点找出真相,我就快要被压死了。我搞科研这么多年,从来没承受过这么大的压力。你们一定要帮我。"

巫真和张学然一样,想尽快找出凶手,可是这件光栅案技术含量太高了,他根本不知从何入手。

可是,他不能把自己的焦虑表露出来。巫真很清楚地知道自己并不伟大,但如今却是张学然唯一的救星,是他在漆黑夜空里可依赖的唯一光点,就算很微弱,也是张学然唯一的心灵寄托。

"你刚才说到陈志伟的老婆有嫌疑,详情如何?"巫真问,既然无法从光栅入手,只好换个角度思考。

"这要从我们当初找人时说起。当初我们找受试者时,本来有很复杂的要求,比如说要达到一定的年龄,单身,没有孩子,教育程度也不要太高等……"张学然欲言又止,"残忍点说,就是要找个没有什么本领的人,即使死了,也对社会没有什么损失,不会连累家人。"

巫真马上明白,"那和征兵差不多,不选家里唯一的男丁,以免害得人家绝后。"

张学然道:"不是差不多,而是完全一样。坦白说,我们的要求和敢死队没有两样,都是要求他们是可以消耗的人。会领兵的将领都不会叫自己的精英部队去做敢死队,只会派遣新兵去送死。实情就是如此,但很难说得出口。这是一项风险非常高的任务,简直和登月差不多。不过,登月的航天员都要经过训练,不是一般人能胜任。我们的要求却简单得多,只要是活人就行了。"

林菁菁道:"那跟药厂找人试药也蛮像。"

张学然说:"还是有些不同。药厂找的人,有些已经染上不治之症,除了试验新药外别无选择。穿过光栅的却不是这样一回事,他并没有到山穷水尽的地步。"

林菁菁道:"除非他很缺钱用,欠了一屁股债要还。只有这种人才会不怕死。"

张学然点点头,"结果来应征的人,还是比我们预想的多,而且绝大部分都是老人。我们问过很多应征者,他们都很坦白地说:这辈子都没见过这么多钱,想在人生尽头时好好享用这笔钱。不过,他们好像不是很清楚这钱是要分阶段付的,做完一个阶段的试验才给一笔,并不是在事先就全部付给他们。"

巫真有点诧异,"原来是这样啊! 我也没留意。"

"很多人都没有留意,因为他们以为传送只有一次,而不是分阶段实行。我们这样规定,是怕那人花了钱后,改变心意,或者打从一开始就根本只顾拿钱而没诚心做试验品,到时我们根本没办法送他进到光栅里,只能叫保安人员把他推进去。?"

巫真点头道:"这就变成强逼了。"

"对。就算我们可以向对方提出起诉,但人权团体却一定会出来声讨我们,到时情况就会变得一团糟,从而把光栅这个科技发明变成关于受试者的人权问题。那样整个事件的焦点会被彻底模糊,再也没有人知道本来要讨论的是什么事情,最后所有精力都不得不花在打官司上——我们在科研界见过好多这种例子。"

"那么其他光栅团队怎样处理这问题?"林菁菁问。

"什么也没做,或者说按兵不动。他们的进展比我们落后,所以暂时采取观望态度,看我们的行动结果再作部署。"张学然解释着。

"是不是像自行车比赛那样,让走在最前的去承受风力,后面的选手就不用花更大的力气?"巫然问。

张学然用力点头,"对呀! 很贴切的说法。"

"其实是很狡猾的做法!"林菁菁有点不耻。

巫真说:"所以,如果你们的试验失败,除了陈子慧会拿到保险金,其他团队也会拿到好处。"

张学然道:"没错。"

林菁菁提醒道:"我们本来要说的是陈子慧,怎么好像愈说愈远了?"

"不好意思,你们知道我现在的思绪非常混乱,想到哪里说到哪里,一点系统也没有,完全陷入混沌状态。"张学然尴尬地笑了笑,"我们面试受试者时,都会问他们接受这任务的理由。很多人都说不出口,也有些人甚至跪到地上,请求我们无论如何都要挑选他们,因为他们非常缺钱,生活非常困难。当初我们没有想到这个情况。"

巫真觉得这其实根本不难想到,自从几十年前的金融海啸发生后,很多人都活得很惨。就算在纽约,也有博士生等社会精英排队去光顾"食物银行"。

"这是一个要放下尊严才能生存的时代,只是你们这些科学家长期待在研究室里,完全不知民间疾苦。"巫真心想。

"你们面试所有受试者?"林菁菁问。

"不,我们其实还是有一套秘而不宣的筛选机制,就是不挑四十岁以下的人。可是我们不能明言,因为这样会涉及年龄歧视。说来好笑,其实这种歧视是用来保护他们的。我们也不能挑残疾人,以免落人口实,说我们是在消耗'次等人',你们明白我的意思吧!"

巫真点头。

张学然继续道:"陈志伟虽然是大学毕业,却没有工作,像是无业游民,所以我们就挑了来面试。没想到他一开口,就说自己是个作家,参加试验,并不只是为了钱。"

"那还为了什么?"巫真问。

"是为了体验人生之类,他洋洋洒洒说得很精彩,超乎我们想象,所以我印象非常深刻。他说对我们的光栅非常有信心,知道一定不会出意外。他只想要纯粹的体验,做第一个穿过光栅的人,感受身体被分割的情况。一听到这里,我和其他遴选委员都知道,他就是我们要找的人,因为我们有共同的目标和理想。"

"听起来好像很不错。"巫真道。

"对,他是几近完美的人选。可是有一点和我们没有公开的内部准则不符。他面试时才透露自己已婚,这大大出乎我们意料。你也知道,我们倾向招募没有家庭负累的人,但面试发现这类人反而往往在心态上不符合要求。我们跟他们两夫妇谈了很久,知道他老婆做的是不稳定的工作。对他的决定,她不支持也不反对,不过,最后也愿意在合约上签字。"张学然说。

"他老婆也要签字? 为什么?"林菁菁问。

"这是我们的法律顾问建议的。为的是,万一日后引起家庭纠纷,在'媒体战'里可以保护我们团队的利益。这样一来,就不会说受试者瞒着家人秘密行动了。"

"果然深思熟虑。"林菁菁并没有露出佩服的表情,反而有点厌恶。

"不过,等到后来,随着光栅的技术愈来愈成熟——也就是活人传送的试验日期愈来愈接近时——陈子慧却愈来愈不安,就算我们安排了心理医师提供辅导也无济于事。为了安抚她,我们后来找了保险公司来赞助——万一出事,她可以获得一笔巨额保险金。为此,保险公司特地找了专家来视察我们的光栅系统,做风险评估。"

"是什么样的专家?"巫真问。

"其实只是一般的计算机保安专家,对光栅系统完全是外行,也没有兴趣,派人来只是做做样子。"张学然道。

"怎么可以这样?"林菁菁很不满。

"找保险公司从头到尾都只是一场公关秀,而且也是为了拉赞助。"张学然说,"我刚想起来另外一点,有人见过陈子慧没来由地突然流泪,甚至和陈志伟吵架。我们曾经问过陈志伟要不要退出,他说不用,只要第一次穿过后,陈子慧就会有信心,以后就好办得多。难得陈志伟对我们有这么大的信心,也愿意承担家庭压力

——至今我对他仍心存感激。但遗憾的是,最终辜负了他对我们的信心。回到刚才所说的,这个传送试验失败,最大得益者也许就是陈子慧,她有动机,我怀疑她的哭哭啼啼只不过是演戏,她所做的一切都是为诈取保险金铺路。不过,这个推测中有一点我很不理解:她有什么本事去破坏光栅?"

巫真望着林菁菁,心想:张学然想事情还真直接,这种直率的人恐怕永远都和犯罪沾不上边。

"如果有同谋呢?"巫真又想,张学然这种人自视太高,什么事都以一个人能完成为出发点。

"她怎会有同谋?"张学然不同意,"以我所知,岛上她唯一一个相识的就是陈志伟。"

"那只是你们知道的表面,底下很有可能潜伏了不为外人所知的人际关系,也许你们团队里某个人是她以前的同事或者同学。"

"我看不出她和其他人有特别联系啊。完全没这可能!"张学然断然否认。

"你大概太专注在研究里面了,没想到人际关系之复杂。"林菁菁道。

"就算是熟人,也不可能为她杀人。这太难以想象。"张学然的脸有点微红。

巫真觉得像张学然这种天才,想法太符合逻辑太超凡入圣,很难会像一般人那样冲动。对他来说,跟世俗相关的事情大概顶多就是办公室政治,杀人这类事,完全是匪夷所思。

林菁菁解释道:"一般朋友当然不可能为她杀人,不过,如果是初恋情人呢?多年没见后,发现她竟然有不如意的婚姻,要帮她解脱,让她重获自由。"

张学然斩钉截铁道:"我没见过她和其他人有什么特别来往。

除了和陈志伟外,她几乎都是独来独往。"

巫真说:"很多人偷情都是利用网络,平常极少见面,甚至不见面。"

张学然终于有点不解,"不见面还算什么偷情?"

"就是纯粹利用手机或者网络进行心灵沟通。"巫真开始对这个天才感到不耐烦了。张学然太理性,这辈子大概从未试过谈情说爱。这个研究打破空间距离的天才科学家,居然想象不到这世界上还有远距离的恋爱。那些一年才见几次面就能维系的感情,对他来说,也许比外星人更不可思议吧。

"偷情也要性关系吧?!"张学然脸色微红。

"时代不一样了,这种事情也能利用网络和其他技术手段解决。"巫真觉得张学然应该多看看时下的八卦新闻,特别是两性之间的绯闻——从某个角度看,它是推动人类文明发展的主要动力。张学然肯定有旺盛的好奇心,但不应该只专注于科研上,不管多有道德洁癖,也应该具备基本的社会常识。

"你们试想一下:或许在陈志伟死后,他们才能发展真正的性关系。"林菁菁推论道,"因此,这才使得有人愿意和她同谋,为她杀人。"

张学然没再答话,大家也都沉默下来,大概不知道怎样开口。巫真想:也许,在这位天才科学家的世界里,所有人都是奉公守法的世界公民。不,张学然不可能不知道有虚拟性爱,不可能不知道有通奸,不可能不知道为爱杀人,但他大概一直专注于科技研究,就算有性欲,也只会想办法压抑,视若无睹——他是崇拜科学的修士,理性是他的信念,而欲望则属于邪恶。

"请你把目前在岛上的每个人的履历和其他背景资料给我,好让我们找出这种隐形的人际关系。"最后还是林菁菁先开口解围。

"你们……你们要借助警方的信息资源吗?"张学然问。

"暂时还不用,我不想惊动警方。"巫真没说的是,自己跟警方的关系不是特别好,"现在已是网络时代,我们会先利用黑客程序在社交网站上梳理他们的背景资料。毕竟,我猜你这里不少人都是在网络流行后才出生,也许他们还没离开母亲的肚子,父母已经把他的资料推到网络上,他们自出生以来,一举一动都在网络上留下了足迹,完全可以让子孙在网络上回顾他们巨细无遗的一生。"

张学然用佩服的语气道:"果然是侦探,我们做科研的反而根本没想到网络已经发展到这个地步。"

巫真问:"你们有没有监视他们的电邮?"

张学然很是不屑,"当然不会,你以为我们这里是什么地方?"

巫真说:"这和道德无关。很多大企业都会这样做,以防员工把情报告诉竞争对手。"

张学然一脸正气,"我们不可能这样做。我们毕竟是在一个孤岛上,研究人员的很多私人事务也要通过电邮处理,而我们不能因为保密就去侵犯他们的隐私。其次,我们的科研试验使用的是闭路的专用系统,并不对外联网,至于他们抄下数据用私人网络对外发送……如果看过那些海量数据,你就知道这根本没可能了。"

巫真说:"可是,你们一点保安意识也没有的话,就会让人有机可寻,像现在这样。"

张学然苦笑道:"我们没想到会变成这样。"

巫真问:"那我更不用期望你们会堵塞其他网络上的漏洞了,对吗?"

"不,我们只是没有人力物力做长期的监察,那需要特别设立好几个职位。不过,如果只是网络保安设计的话,我相信我们会设计得很好。"

　　林菁菁打岔说："我只同意一半,网络设计从一开始做好,是很重要。不过,这是一个持续的动作。开始时没有漏洞,不代表接下来没有,因为整个系统会不断改变,而漏洞会在环境持续改变的情况下暴露出来。"

　　张学然对巫真说："你的助手好不简单,原来也是网络保安专家。"

　　巫真等林菁菁答了句"过奖"后说："我们早前接过一个利用网络杀人的案件,我专注于人际关系,安排她学了点网络保安的知识,这方面她比我强多了。"

　　张学然笑道："所以我这次找你们,是很正确的决定。"

　　巫真道："光栅也算是一种网络,未来世界的网络,只不过传送的不是资料,而是人,对吧?"

　　"没错。"张学然很是满意,"如果真有这么一个同情陈子慧而且愿意为她杀人的家伙,我还是有一点很不理解,他到底是怎样破坏光栅运作的?"

　　巫真说："大概就像我们刚才所说的,故意不传送颈部的一层薄片。这也是最简单的做法,就像破坏根基后,整幢大楼就会倒塌下来一样。"

　　"可是技术细节上他要怎样才能做到? 就是改写程序码吗?"张学然问,但显然不期待巫真或林菁菁回答。

　　巫真觉得他这表情就跟那些杂志"封面"上的一模一样。虽然那些"封面"是虚构的,但张学然沉思状的表情却并非装模作样,而是发自内心的。

　　"你别想太多了,只要我们找到这人,逼他讲出来就行了。"巫真把张学然从思考状态拉回现实。

　　"可是你连人都还没找到,又怎能逼他说?"张学然半晌后才问。

"找人和逼供是两回事。我们当下先从凶案的动机和证据等方面把人找出来。至于关键的技术细节,我们未必能查到,也许要他自己来说。"

"他真的会说吗?"张学然问。

"我们会有办法逼他说出来的。"巫真说。

8. 秘密通话

在岛上的另一座建筑物里,陈子慧盘膝坐在沙发上,凝视着窗外远方的一点。

意外发生后,没有人来安慰过自己一句。那些人现在都各忙各的,肯定累个半死,不过平日自己跟他们也都没有来往,顶多只是点头微笑。如今,自己只能龟缩在自己房间里。

她和其他人不一样,看来是岛上最闲也最无所事事的人,却也是最看不清前路的人,而且也是最孤苦无依的人。

志伟的个人物品还散布在房间里的每一个角落。她不知道怎样处理这些东西,全部丢掉? 她舍不得。全部保留? 她不知道可以放在什么地方。她多希望能用这些东西把他换回来。

以前陈子慧回家时,可恶的陈志伟会躲在门后跳出来吓她,有次甚至吓得她把手上的袋子掉到地上,里面的水果滚落一地,其中一次还害得她吓一大跳要讲脏话……久而久之,那种惊吓已经无效,徒剩无聊,但他仍乐此不疲。

如今没有了陈志伟,她开始怀念起他无聊的举动来。家里只剩下小狗咪咪,是志伟决定做受试者后买来陪她的。两人一犬,就构成了一个小家庭,和狗狗玩儿成为家里的幸福时光。

现在，小狗咪咪仍然会坐在客厅里凝视着门口，仿佛在等爸爸回来。

她想起往事，不禁笑了出来，然后泪水又从眼角默默流下。她感谢他给自己留下的美好又甜蜜的回忆，但同时，他也给了她痛苦的未来。

她不禁又想，要是这辈子没碰到他，她的人生会变成怎样？

她又想起和志伟看过的一部电影，里面有个魔术师穿过一道门后，竟然又能从另一道门走出来。他的死对头魔术师想尽办法要学会这绝技。于是两人展开了长达十几年的竞争，斗了个你死我活……志伟虽然没有死对头，但还是死在光栅里，而且身首异处。

手机响起音乐时，咪咪吠了起来，就像他以前打电话回家时一样。陈子慧犹豫了一阵，不可能是他打来的。如果他打回来还好，她可以问问他的近况，甚至可以狠狠骂他一顿：你骗我你骗我你骗我你根本回不到回不到回不到我身边！

即使没人看到自己现在的模样，陈子慧还是先擦干脸上的泪痕，才拿起手机看是谁打来的电话。

"咦……你怎么打电话过来？"

"为什么不可以？"对方反问。

陈子慧半晌后才道："发生了那件事呀！"

"和我无关。"

"真的无关？"

"当然无关。难道你觉得是我做的？"

"我不知道。"

"谁做也没关系，反正你现在终于自由了，不必再担惊受怕。"

"你是为了我所以才做那种事？"陈子慧再试探地问。

"我再说一次，不是我做的。"对方语气坚定。

"那是谁做的?"

"我不知道。不过,已经有侦探来查了。"

"侦探? 你说警察吗?"陈子慧问。

"警察才不会理这种案子。私家侦探是张学然找来的,就是上过媒体的名侦探巫真。"

"那个专门破解各种古灵精怪的谋杀案的侦探吗?"

"对,没想到会他找来查案。据我所知,巫真是张学然的老朋友,他要赶在调查委员会成立之前破案。"

陈子慧对什么调查委员会不寄厚望,即使她不懂政治,但也知道这种机构只不过是公关手段,用来搪塞公众的疑虑的,打从一开始就根本没有要调查到底的决心。

她只想搞清楚一点,"老实跟我说,真的不是你做的吗?"

"不是不是,你要我说多少遍才相信?"

"他以前就叫我相信光栅是安全的,不止他说,很多人都是这样说。"

对方半晌才道:"不管是谁做的,都是为你好。"

挂上电话后,陈子慧仍然在玩味他那句话——为我好? 真是为我好吗? 现在会比较好吗?

她是搬到岛上的宿舍住下来后,才认出对方来。当时志伟就在身边,所以只是在眼神接触时彼此相认,没有交谈,甚至连一句招呼也没有打。

当时,张学然好像也在现场,可是人太多,大概没有发现两人之间眉来眼去的不寻常。

后来,她在社交网络上收到一个信息,来自一个身份不明的账户,但谈到只有他俩才知道的往事,两人从此就在网络上重新联络,近乎无所不谈。

　　她不知道对方在光栅团队里担任怎样的工作，负责哪一环节。对她来说，光栅随便一个部分都不像是地球上的科技。

　　对方比自己聪明多了，要破坏光栅也许只是轻而易举的事。所以，应该先把那人举报出来，等其他人去搜集证据为陈志伟报仇。

　　可是，接下来，保险公司可能认定她早就知情，和凶手有来往而不发放保险金，再闹上媒体。到时就算不上到法庭，以后也很难找工作了。

　　到时以她这种已经不小的年纪，肯定无法找工作，还能怎样活下去？投靠妹妹和妹夫？当初他们不喜欢自己和陈志伟在一起，认为是自讨苦吃。以妹妹的刻薄个性，说不定连大门也不让自己进去。

　　当初陈志伟做受试者，就是希望她能过上好一点的日子，而不是一直潦倒。说不定，试验失败而让她拿到巨额保险金，长远来说还不错，而且他还心甘情愿。

　　既然意外已经发生，她应该默不作声，她和那人不是同学，不是同事，生活上从来没有交集，不可能会被人发现。

　　咪咪这时走过来，一脸无辜地看着主人。陈子慧将它一把抱起，大头贴着小头。

　　"以后，只剩下你跟我了。"她说道。

9. 旧 识

巫真的视线上次从三个计算机画面环抱的巨阵移开时,已经在大半个小时前了。才不过一阵,窗外的景色已经不知不觉偷偷从白昼换成夜晚。

巫真伸了个懒腰后,转身问坐在客厅另一边的林菁菁,"你的进度怎样?"

林菁菁盘膝坐在沙发上,把视线从小说里抬起来,望了眼面前的一个计算机画面后,没好气道:"至今只搜寻了五个。"

"这么久还只是五个?"

"我已做了第一次基本的对比,没有结果,现在做的是深层的对比。"

巫真看见躺在沙发上的张学然在揉眼睛,刚才他大概睡着了。巫真没怪他,这几天他应该没好好睡过一觉。

巫真走过去,轻声对他道:"你回去吧!不用陪我们了。这种调查工作和电视连续剧里高潮迭起的戏不一样,不,简直完全相反,不但不刺激,反而闷得要死。"

"你搞错了,不是我陪你们,而是你们陪我。"张学然苦笑着说,"现在和我们做科研的情况难分伯仲,那就是反复的测试。"

71

巫真没答话,他知道张学然不像有些研究人员一样和家人同住,而是在岛上独居,回到自己的房间也不过是对着一堆书及计算机。闭上眼睛,大概脑海里尽是和光栅相关的事,没有热闹的电视连续剧,没有电子游戏,也没有已公开或不可告人的女性关系。

张学然的人生没有别的,就只有纯粹的研究工作,百分之一百的投入。娱乐顶多只有小说,而且还要是印在纸本上的,他完全抗拒电子书的潮流。

巫真自问无法过这么沉闷的生活,这是一条只有天才才能走的孤独之路。

不,张学然还有他的玩意儿,属于他自己的娱乐活动,那就是光栅。一个大概是全球最顶尖的电动玩意儿,可是这玩意儿竟然受到破坏,玩具主人的心灵也一定会同时受创。

张学然站起来,伸一伸懒腰,问:"你们说的什么基本和深层两种对比,到底是什么一回事,有什么区别?"

巫真觉得张学然在知识层面上的好奇心实在惊人,努起下巴指向看来慵懒的林菁菁,"你说说,也好让你提起精神来。"

林菁菁用手指向自己的鼻子,从口型看,似乎要说"又是我?"几个字,但随即还是解释道:"基本对比就是只对比背景资料,像是居住过的城市、学校和工作机构等资料,当然要配合年份;深层对比是挖掘认识的朋友,或者工作过的机构之间有没有客户或子母企业的关系。"

"就是你们说的隐形的人际关系?"张学然问。

巫真点头道:"完全正确。"

林菁菁问巫真:"你刚才忘了吗?"

巫真忙说:"我怎么会忘记?只是让你发表一下意见,好让人家知道你不是充当花瓶的角色。"

"我怎可能是花瓶?"林菁菁还以鄙视的眼神。

"你们平日就是这样斗嘴吗?"张学然不禁失笑。

巫真说:"看情况,工作太沉闷,总要来点调剂。"

张学然把两人斗嘴看在眼里,眯起眼睛问:"有个问题我想了好久,不过一直没机会问——你们两人到底是什么关系?"

"就是侦探和助手的关系。"巫真斜视着林菁菁。

"就这么简单?"张学然一脸难以置信。

"你以为是什么?"巫真反问。

张学然摊开手,"没有特别意思,只是觉得你们之间的关系好像怪怪的。"

林菁菁用坚定的语气道:"我要说清楚,我们并不是恋人。"

"我也没说你们是,而且也不觉得你们是。"张学然转移了话题,"你们饿了没有? 我们不如去吃晚餐吧!"

巫真和林菁菁同时点头。

张学然带他们来到岛上唯一的餐厅时,发现里面非常冷清。

岛上的光栅核心团队只有三十多人,加上其他工作人员总数也就五十多人,但餐厅至少可容纳一百人,要应付前来开会的人员和媒体记者完全没有问题。现在,只有三个人坐在最远处,其他近百张椅子空空如也。

从制服看来,其中一人是厨师,另外两个是侍应,一起拿着电动游戏机,大概是在对打,而且正打得兴高采烈,并没有发现客人到来。

"很难想象办生日宴会时高朋满座的盛况吧!"张学然不无慨叹。

巫真没有张学然那般感触,他想到的是另一件事,"还有晚餐可吃吗?"

"等我过去问问看。"张学然走过去,惊动了在游戏世界里玩得忘我境界的玩家。他们连忙站了起来，很是恭敬，其中一个站起来时甚至还把椅子撞翻。

巫真不知道张学然和他们说了什么，聊了好一阵后才回来。其中两人走进了厨房。

张学然坐下来后才说："餐厅里的人已经全部给解雇了，大部分人都走了。"

林菁菁望着厨房，"这几个人又是什么一回事？"

"他们吗？"张学然不禁失笑，"在打最后一战，因为以后就要各奔前程了。放心，他们在给我们做简餐，反正冰箱里还有点食物，不吃就要丢掉了。"

"我喜欢打最后一战的说法，"巫真用开玩笑的语气道，"很有末世气氛。"

张学然环顾餐厅一周，不无感慨道："以前每天晚上都有几个单身的男同事在这里聊天，谈些时事、科学或哲学的话题，虽然人数不多，但多少还有一点凝聚力。"

巫真点头，"不难想象呀！以前在住大学宿舍时也有这种很好的气氛，一群年轻人玩得高高兴兴，无拘无束的，也没有心计。离开大学到社会谋生后，人际之间交往全部都是从利益出发，再也无法找回那种淳朴的情谊。"

林菁菁找碴，"有哪所大学不是这个样子？"

巫真道："现在的大学已经不是那样子了，学生一回到宿舍就挂在网络上，和室友只是点头之交，反而跟素未谋面的网友聊得上天下海的。"

张学然笑道："我研发光栅，就是希望大家不会再因为空间上的距离而无法跟网友碰面。话说回来，大概也是岛上的半封闭环境，才可以延续这种大学里特有的气氛。这种气氛我看在其他科学园区里也很难找到。"

巫真静静地看着张学然,心想,大概只有这种环境才可以让他这种天才活得比较自在。这种人不太可能活在都市里过着营营苟苟的生活吧!他需要空间去思考一般人难以企及的问题。

巫真这一天下来,听张学然的话愈多,便愈感觉到他这人的复杂性。他是天才,会感到寂寥,会有跟现实脱节的地方;但他同时也有凡人的一面,会考虑到现实的问题,并非高高在上云深不知处。这对天才科学家来说,不知道是好是坏。

"等他们走后,岛上的人要吃饭怎么办呢?"林菁菁问。

"我们这里会烧菜煮饭的同事不少,也有人只吃很简单的方便面或者三文治就可以活得很好。"张学然答。

"可是有那么多食物吗?"林菁菁追问。

"大家的厨房里都应该还有不少食物。"张学然答道,"毕竟有时工作到废寝忘餐时,根本不想离开自己的房间。但是,没有人会在家里囤积超过一星期的粮食。"

"你们怎知道?"巫真问。

"我们做过内部研究——假设我们和外界完全隔离后,应该启动怎样的应急方案。"

巫真问:"可是这岛怎么会和外界完全隔绝?"

"在这样一个封闭的海岛上做研究,我们必须做最坏的假设,比如刮台风,或者船坏了,让岛与大陆完全隔绝。大家都在赶进度,时不我待啊!"他苦笑道,"我们甚至开玩笑说,哪怕突然出现连环杀人狂,我们都有应对办法。"

"岛上怎会有连续杀人狂?"林菁菁不禁失笑,"你们的想象力也太好了吧!"

"这不是想象力太好,而是真有其事。大部分人都难以适应长期身处封闭空间的生活,科学家也不例外,他们只是为了做研究工作才不得不把自己困在封闭空间里。比如在南极,由于男多女少,所以经常发展出很不一样的男女关系。"

"那是什么样的男女关系?"巫真好奇地问。

张学然望向林菁菁,"这不好说。"

林菁菁不以为意,"别不好意思,我知道是什么一回事。南极研究所里不只因为封闭,而且男女比失衡达到一个很高的比例,大概是九比一,因此有些国家的营地中男女关系很复杂,几乎就是滥交,所以派遣人员进驻前都要做艾滋病病毒测试。"

张学然露出佩服的眼光,"没想到你懂很多啊! 你看了很多《科学美国人》那种杂志吧!"

巫真泼冷水道:"才不是,她看得最多的是女性杂志。"

张学然用怀疑的眼神望向林菁菁。

"那些杂志花很多篇幅报道奇奇怪怪的男女关系。"她不好意思道,"这对我们了解某些客户的心理非常有用。"

张学然释然,"不是开玩笑,别说女性杂志,这辈子我连娱乐杂志也没看过一本。"

巫真觉得能够在这岛上居住的科学家都是怪人,他们往往着眼于宇宙或者原子那种时间和空间都很夸张的世界,却很少考虑自己所生存的现实世界。

这时有几个人走进餐厅里,看见张学然等人时,不但没有挥手打招呼,反而更窃窃私语。

张学然心有戚戚地说:"看来除了你们以外,我也很不受欢迎。"

林菁菁安慰道:"这很正常,你早就应该有心理准备啊。从来没有人会喜欢侦探和侦探的雇主。如果喜欢的话,才不正常呢。"

张学然说:"我知道我是自找麻烦,可我实在等不及调查委员会,到时可能大家都走光光了。"

巫真道:"尽快解决问题是好事。"

这时,侍应从厨房走了出来,把晚餐一盘盘放在桌上,脸上挂着职业化的笑容。

说是晚餐,其实只是很简单的火腿炒蛋、香肠、方便面,加上面包等。

"这到底是晚餐还是早餐?"巫真不禁问道,目光投向林菁菁。

侍应有点来气,"我们现在只剩下这些了,而且也不收你钱,你还想怎样?"

巫真抬起头,"别生气,我不是向你抱怨。"

侍应继续道:"我们已经被炒鱿鱼了,严格来说,这家餐厅也倒闭了。为你们准备晚餐,完全是因为给张博士面子。"

巫真刚才只是无心快语,没想到竟会引来这场小风暴,实在始料不及,就在他不知怎样收场时,幸好林菁菁解围了:"所以,你为我们准备晚餐也是无酬的,对吗?"

侍应答:"这当然!"但面对林菁菁时,刚才的气焰已小了下来。

她点头致意,再送上甜美笑容,"所以,我们要好好谢你啊!"

"不用,为你们准备晚餐,是我们的光荣。"侍应说时脸上发红,直到耳根。

巫真嘀咕道:"美女的待遇果然不一样。"

"只是坏处你看不到。"林菁菁简短回复。

张学然没理两人斗嘴,关切地问一脸稚气的侍应:"你们找到新工作了没有?"

侍应的脸色变得从容了,"张博士,你放心吧!这种流水式的厨房工作很容易找,不用替我们担心。倒是有这么多科学家工作的餐厅不容易找,以后说不定只能去工厂的厨房工作了。"

等侍应离开后,张学然对巫真道:"我终于知道你为什么需要她了。"

"在我说错话时为我解围吗?"巫真有点尴尬。

张学然斜看林菁菁说:"不,是用美女攻势迷惑对手!"

她做出勾引人的表情,"对,这个才是我的主要工作。"

张学然的肚子这时发出一阵饥肠辘辘的叫声。

"吃吧! 进食现在才是我们的工作!"巫真笑道。

巫真吃饱,对张学然说:"对了,我觉得我应该向你道歉。"

张学然惊问:"道什么歉? 你说什么?"

"要是我那天过来,也许对方就不会下手。"

张学然扬手,"别傻了,对方有备而来,早就下定决心,要临时变更计划恐怕更容易露出马脚。"

林菁菁道:"大侦探也许自大过头了,你真的以为名侦探可以像门神般放在门口辟邪吗?"

"也许可以。"巫真眼光一移,压低声音说,"看是谁来了?"

几个小时前他们讨论的女主角陈子慧,此时正在餐厅门口张望,虽然不慌张,但眼神很迷茫,像要找什么。林菁菁觉得她像个失去盔甲的士兵,想向前走但举步维艰。

巫真和林菁菁不曾和陈子慧本尊打过照面,只在媒体上见过她,她哭成泪人的模样过去几天登上各大报志杂志的头版和封面,令人印象深刻,所以现在终于见到真人了——即使憔悴得变成另一个人似的——也可以马上认出来。

"我还以为她会留在自己的小房间里不出来。"林菁菁轻声道。

巫真试探地问:"她平时不会一个人来这里的,对吧?"

张学然耸肩,"我不知道,我很少在这里碰到她。她的想法也许和我一样,宁愿离开房间也不想回去对着四面墙壁。她和陈志伟一向有影皆双。所以,她接下来怎样,我也很担心。她两夫妇都没多少钱,离开这里,也不知道可以去什么地方住。"

林菁菁问:"不是说有保险的吗?"

张学然黯然道:"话是这样说没错,但什么时候会把保险金发下来,连我也不知道。"

林菁菁追问:"合约上是白纸黑字写下的吧?"

张学然补充道:"就是白纸黑字才可怕。我忘了保险部分的条文怎么写的,但如果他们说要拿到尸体确认死因后才算死亡的话就麻烦了。那尸体你们也知道,现在被我们扣留下来。要等三年的话,这期间她怎么过?"

"所以你们扣留尸体,说不定还有这个目的。"林菁菁又道。

张学然耸肩,"这个我不得而知,合约条文和规矩是董事局定下来的。"

"如果死无全尸,或者尸体被分裂了,又何来确定死因?"巫真问。

"也许要当成失踪般处理,要家属等上好几年。"张学然答。

巫真不禁骂道:"真卑鄙!"

"所以说她为骗保险金而杀人,"林菁菁说,"其实可以从好几个层次来理解。表面上来分析,她有充分的理由。但考虑到发放年期,她就可以告诉你她不能马上拿到钱。不过,钱一定会到手的,她只要耐心等待就行了。"

张学然点头,"没错,她需要的是忍耐。"

巫真再次望向陈子慧时,带了很多复杂的想法。

林菁菁问:"要不要叫她过来?"

巫真望向另一桌的工作人员,他们压低声音,而且眼光里也有敌视意味,便道:"她未必愿意,不过你不妨一问。"

张学然离座,走过去找陈子慧。

巫真边望陈子慧边对林菁菁说:"她想到已被我们盯上了吗?"

林菁菁摇头,"我觉得她早就心中有数,所以来探我们的虚实。"

陈子慧看来犹豫了一下,朝这里看了一眼后,只是点头致意,但没有走过来。她明显失神到不在状态,望人的眼光也没有神采。

巫真觉得刚才对她的种种猜测全都不对。她徒有躯壳,灵魂已不存在。不过,假设注入灵魂的话,他可以想象她是一个多么神采飞扬的女人,即使年纪已经不轻。

——为什么这么漂亮的女人,愿意留在一个赚钱不多的男人身边?

她最后还是拒绝过来。

"如我所料,她果然心里有鬼。"林菁菁道。

巫真提醒她:"别神经病了,我们的桌上只剩下空碟子,难道叫她过来被我们围观吗?"

10. 人物关系调查

　　离开餐厅后,林菁菁跟巫真去他的房间,里面放置了大大小小六台计算机。

　　巫真把计算机逐一唤醒,画面显示仍然在进行人物关系的调查。各有不同的进度,但都已经完成百分之九十几,快结束了。

　　"我们回来的时间刚刚好呢!"巫真拉张椅子坐下,"我觉得她不知道自己是嫌疑犯,而且,她一点也不像杀夫者。"

　　林菁菁不同意,"女人的演技比男人高明多了,受益人一定脱不了嫌疑,而且,她能领到的是天文数字的保险金。我有留意你刚才盯着人家脸蛋的样子,你已经被人家风韵犹存一脸无辜楚楚可怜的样子骗得一塌糊涂。"

　　巫真感到脸上两团火在扩张,"即使你一连用好几个四字成语,也不代表你的话特别有说服力。受益人不止她一个。别忘了张学然说过,其他团队也能从中获益。我百分百肯定她和案情无关。"

　　一台计算机发出完成搜寻的声响,巫真半晌后才道:"看看你的搜查结果怎样。"

　　林菁菁扬手,把计算机唤醒。

不用她多解释,画面上的结果是"一无所获"。

巫真下结论说:"我敢断言共犯说并不成立,她是无辜的。"

林菁菁以怀疑的眼光注视着他,"凭一台计算机的结果你就敢断言? 她这共犯肯定是个计算机专家,说不定在网络上已经跑过不知多少次类似的搜查,而且相信我们没办法查出来才敢出手犯案。他们的相识在网络上没有留下证据。"

"那我们就要想办法证明他们的想法是错的,世上没有东西可以留在网络上而不让人发现。"

"没错。不过,我在想,也许他和她之间,根本在过往的生活里并没有交集。"

"什么意思?"他问。

"他们不是旧同学不是邻居,也并非由朋友介绍而结识。他们很有可能是通过网络认识的。"

"利用社交网络的话,这很平常呀。所以只要找找看陈子慧在上面跟什么人交友,不就可以吗?"

"我已经在做了。"林菁菁泼冷水道,"几乎岛上所有人都加她为好友!"

巫真有点意外,"我以为人们对他们漠不关心。"

"加为好友没什么大不了,说不定加后根本没有互动!"

"如果你可以闯入她的账号,就可以把她的通讯记录看得一清二楚。"

林菁菁沉思了一阵,道:"不行,还是不行。"

巫真问:"你怕这个做法传出去,以后很多网络公司会把我们列为拒绝往来户?"

"不,他们并不笨,只要把所有通讯记录删得精光,我们就什么也找不到。他们肯定已经删了,不会犯这种低级错误。"

"那我们怎么办?"

"跳出来想一想。你一直假设他们在近年才认识。这点我不同意,我觉得他们在很年轻的时候就认识了,所以交情不浅。"

巫真眼前一亮,"年轻到什么时候? 男未婚,女未嫁?"

"不,说不定要更早,可能是还在念书的时候。那时他们的社会地位还没有相差太远,而且见面也比较方便吧! 如果有个愿意帮她杀人的男人,他们一定见过面,而且有很深的交情,否则,他不可能冒险为她杀人。"

"有道理,那他们一开始是怎样找到对方的?"

"那是你们男人的强项啊! 见到美女就扑过去,不管是在网络还是现实世界。"

"也不一定,那要看是什么男人。宅男并不精于此道,相对来说,有些女人比男人还要积极进取,倒追的话,得手机会比较大。不过,我不相信陈子慧会主动出击。"

"这我同意。我相信她年轻时很漂亮,根本不必主动出击。"

"难得你同意噢!"巫真笑道。

"这是我们唯一共识。接下来才是重点。"林菁菁把计算机拿到手上,"你们男人会怎样在网络上结识异性?"

"那还不简单,在社交网站上到处走到处看,找朋友的朋友,一个连一个,因为你已经算是取得她朋友的认同。虽然这种认同不深,但网络就是这样一回事,这种做法最简单也最直接。"

巫真见她的手指在画面上挥舞,"你在做笔记吗?"

林菁菁点头,"你试过这样结识女孩?"

"当然。怎样? 很不满意吗?"

"不,这也是人之常情,我也是这样在网络上结交异性。"

"那你问我干吗?"

"我以为你有异于常人的方法。"

"没有啊! 认同感最重要,因为你可以叫对方放下戒心,就像野兽接近猎物时,总要矮下身子,叫对方无从防备。"

"这我知道。除此之外呢?"

"利用搜寻工具去找,找兴趣相同的。"

她口气有点不耐烦,"这我也知道啊!"

他一脸不悦,"那你又问?"

"就是想看你有没有奇奇怪怪的法子。"

"头脑风暴吗?"

"没错。不过,我看她没有什么特别兴趣。"林菁菁跳去下一道题目,"还有什么条件可以用搜寻工具去找的?"

"星座、生肖,甚至出生年月日都可以配对,或者心理测验。一般交友网站都会用这些来做配对条件。你现在去交友网站找不就行了吗?"

"心理测验我们不会知道结果。可是,用出生日期来做配对的话,也许会有发现。"林菁菁说罢,便找了个配对引擎来试陈子慧和岛上研究人员的关系,"如果用生肖的话,有三个人匹配;用星座,只有两个。这两组人之间没有交集。"

"出生日期呢?"

"一个也没有。"

"但目标人物现在缩到五个了。"巫真脸上没有兴奋之色,"问题是如果用这个方式去找共犯,一点儿说服力也没有,因为算起来,我的星座也和她匹配,难道连我也有嫌疑?"

林菁菁没有回答他,只管继续追问:"你刚才提到交友网站,我刚刚想起,他们以前有没有可能在博客或者论坛上结识?"

"现在还有人玩博客和论坛吗?"

"还有吧。不过,应该已经很少很少了。"她说。

"所以你是假设他们在很久很久以前已经认识?"

"当然。这我早就说过。"

"可是,这种资料现在应该很难查吧!当时有相当一些人在博客或论坛上没有用真名实姓。我也玩过,很多网友的真身我根本不知道,包括最基本的本名。"

林菁菁道:"你别打断我的推论。如果是在很原始的网站上结识,大概她当时已是中学生,结交的朋友年纪不会大到哪里去。如果你是中学生,也不会结交比你大上十岁以上而且已经出来做事的男人吧!你和他根本没有话题。"

"小姐,你太武断了。如果兴趣相近的话,还是可以做朋友。"

"先生,你太没有安全意识了。即使兴趣相近,也不一定可以做朋友。"

"谁说不可能,如果她出来做援助交际的话会怎样?她本来家里环境就不太好,我查过了,她在大学里拿的都是清贫助学金。所以,说不定她在这里和当年那个曾有过肉体关系的男人重逢,这种关系绝对说不出口,所以他们无法公开相认。不过,他们肯定有自己的秘密沟通渠道,像电邮。那男人知道她的苦处后,决定下毒手帮她杀夫。等时间久了,他们就可以公然走在一起。怎么样?一切看起来合情合理吧!"

林菁菁思考了一阵后说:"你讲的故事很精彩,里面既有不可告人的长达数十年的隐形人际关系,又有超乎想象的离奇谋杀,完全符合推理小说的剧情需要。可是你忘了一点,你看这堆只喜欢泡在试验室的男人里,有谁像会参与援交的?"

"这种男人表面上根本看不出来。难道你比我还熟悉男人?"

"我相信我的直觉。"

"女人的直觉一点也不可靠。"

"我不熟悉男人,可是,我熟悉女人。陈子慧不会是那种出来卖的女人。如果她愿意卖,以她的姿色,绝对不用和陈志伟在一起。"

巫真一时语塞,隔了一阵才道:"她喜欢的是陈志伟的才气。有的女人会喜欢穷困的才子,自古皆然。"

"按照你的逻辑,如果她喜欢陈志伟的才气,更加不可能让他去冒险跟送命。反过来说,如果她已经卖过了,知道用青春的本钱赚大钱的方法,就不会再回来过这种紧日子。难道你比我还熟悉女人?"

巫真觉得她的话一环扣一环,让自己无法招架,"真是说不过你。"

"我觉得她从来没卖过,也许只是在网络上结识和她年纪相仿、顶多大个两三岁的男孩子,两情相悦。后来,那个让他们结识的网站在瞬息万变的网络世界里倒了,所以我们什么也找不到。"

"就是这样?"

林菁菁用力点头,"对。"

"那我们还是一无所获啊!"

"不,我们掌握了一条很重要的线索。"

"是什么?"巫真问。

"就是他的年纪。"林菁菁说罢,把画面开到光栅公司的人名列表,旁边还附上其他资料,如性别、出生年月日、国籍等。

林菁菁去掉女性,也把外国的研究员删去,再把比陈子慧的年纪超过五岁的研究员删去,结果还剩下八个。

"如果只限年纪不大过三岁的话又怎样?"巫真问。

结果只剩下两个。

"我还是不认为这种推论站得住脚。"巫真仍然质疑,"不过,我们明天可以去问张学然的意见。现在已经过了十二点。"

"为什么要等明天? 也许他现在还没睡,又或者根本睡不着。"林菁菁不同意。

"妈的,我要睡啊! 好累!"巫真揉了几下眼睛,再顺便伸几下懒腰,"休息是为了走更远的路!"

"这样贪睡,你怎能做名侦探?"她露出鄙视的眼神。

"名侦探就是要养足精神才能破案。"巫真在林菁菁面前故意打了个长长的呵欠,然后双手合十道,"名侦探也有办公时间,拜托拜托。"

11. 遛　狗

在巫真和林菁菁讨论时,在他们的楼上,张学然送陈子慧回她的房间。

门刚打开,一只体型很小的混种狗吠叫起来,而且还溜出门口,抬起头来注视着主人。

"要不要进去坐一坐?"陈子慧回头问张学然,眼波流动里饱含寂寞、无助、孤独等复杂的情绪。

陈子慧感到有种难以坦白的寂寞感,想要有个人陪自己,什么人都好。只要是活的男人就行了,外表不重要。不,外表很重要,像张学然这种长相斯文再加上有才华的就更加不错。

她的心理跟身体都需要一个男人,想要感觉他的体温跟肌肤相亲带来的亲密感。陈志伟出事前,便拒绝了她的索求。他认为进入传送光栅,是一项神圣的活动,像是一个祭典,而自己便应该净身以对。

没想到眼前的张学然一样摇头,断然拒绝。

他不是不知道自己的意思,她想。

她听说过,岛上这样封闭的环境里,有些人在暗地里搞男女关系。她常看见那些男男女女眉来眼去。照理天才张学然应该有很多女人喜欢吧,可是他身边一个女人也没有。是他不喜欢女人,还是他根本已把自己彻底献给科研了?

张学然弯下身来逗弄她的狗,他似乎对她的狗更有兴趣。

小狗也以热烈摇尾来回应他,而且咧开嘴,非常高兴。

张学然问:"它叫什么名字?"

陈子慧答:"咪咪。"

"咪咪?"张学然抚摸着狗头,"你的名字很常见,但对爸妈来说,你永远是独一无二的狗狗。"

外表冰冷无情,这是她看媒体采访张学然时得到的印象。不过,在一只小狗面前,他表现出了不一样的个性。这才是他的本色吗?

张学然又问:"咪咪多大了?"

陈文慧在心里算了一阵答:"九岁。"

"那也算老狗了。老狗要多做运动保持健康才行。"张学然再次站起身来时,眼里绽放出一丝她看不透的光芒,"你有多久没遛狗了?"

"我没遛过狗,一直都是他遛的。"陈子慧坦白说。这狗其实是陈志伟豢养的,狗也比较亲他。有时她觉得他亲近狗多于亲近自己。出事前一天,他也不忘遛狗。"不然它怎么去大小便?"他说。

怎么去?她想告诉他,这小家伙自己会进厨房便溺。没有他,它一样可以好好活下去。但没有他,她却觉得自己简直活不成。

它甚至不需要陈志伟,换了张学然一样可以。

张学然笑道:"今天就让我遛一次吧!"

陈子慧有点吃惊,"你会?"她一直以为他抗拒动物。

"别大惊小怪,我当然会。以前在美国念书时,我还收养了一只流浪狗。我们天天都在校园里跑步。"

陈子慧好奇地问:"是什么狗来着?"

"不过是条杂种狗,而且年纪也大了,但到底有多大也不知道,反正嘴里没剩下多少颗牙齿。"

陈子慧取过放在门口附近的牵狗绳,交给张学然。

咪咪看了张学然一看,又看看陈子慧,眼神有点疑惑。

张学然再次弯下身,叫着狗狗的名字。

狗狗的尾巴轻微摇摆,但还是不肯动。

"咪咪,来啊!我带你去外面走走。"张学然向狗狗招手。

狗狗仍然不动,只是注视着张学然,像要看透什么。

张学然看来有点失望,陈子慧安慰他说:"我看,它觉得去外面跑步是它跟陈志伟的专属活动,换了你来的话就不行了。"

"说得也是。"张学然答,"对吗,咪咪?"

一人一狗互相对望了一阵后,陈子慧也弯下身来,道:"咪咪,你去吧!"还俯身轻拍它的屁股。

狗狗这才动身走向张学然。

张学然抚摸着狗狗,给它套上牵狗绳。

"OK, Let's go."

陈子慧看着这一人一狗的背影逐渐远去,终于消失在楼梯口时,一时感觉有点熟悉,眼睛又开始模糊起来。

12. 第三道门

　　第二天一早,巫真和林菁菁经过一夜的来回推敲,跑去找张学然,讲解他们关于隐形人物关系的种种看法。

　　张学然没有放下那本《五号屠场》,反而抱在胸口前,听完后一脸苦恼,说:"找个凶手要这么复杂吗？我从没想过朝这个方向去思考。"

　　巫真说:"所有凶案不外乎利益冲突。不是金钱和权力之类,就是男女之间的情感纠葛。"

　　张学然的表情有点怪异,"有道理,可是你们这样想好像有点偏差,我觉得这次的破坏只跟钱有关,非常单纯。我们只要找出那个破坏者就行。"

　　林菁菁附和道:"对,你说得没错。不管是谁,都要对光栅进行破坏。我们今早又想了个犯罪构思出来,不知是否可行?"

　　张学然堆出笑容,道:"你们说来听听吧！"

　　巫真没答,倒开口发问:"这里有多少道光栅?"

　　张学然答得爽快,"就你所见,只有两道。"

　　巫真追问:"有没有第三道?"

　　"就是这两道啊！"张学然像突然惊醒,"等等,算起来,还真有第三道。你不说我也几乎忘了。"

巫真跟林菁菁异口同声问道:"在哪里?"

"等等,让我好好想想。这个说是第三道,其实是我们的第一道。有一次搬动时意外跌到地上,如果要找出问题出在哪一个环节,也许要花上很多时间,而且也花费不菲,因为要把整个拆开,再逐一检查。反正我们已准备再做一道门出来做后备。所以那个有问题的一道就被我们直接放弃了,列作后备之用。"

巫真急问:"那这第三道光栅现在在哪里?"

张学然眯起眼,道:"应该在仓库,跟其他早期用过但现在用不着的零件和机器放在一起,准备日后放在光栅博物馆里做展品。"

林菁菁已经站起身来,迫不及待问:"仓库在哪里?"

张学然倒是保持冷静,答道:"在另一幢建筑物里。这边的地方不够用。可是和第三道光栅有什么关系?"

巫真解释道:"如果有三道光栅,一切都可以获得合理解释。你想想这种可能:陈志伟进了第一道光栅后,不是直接去了原定要去的第二道光栅,而是去了第三道光栅,在那里被人砍了一刀后,才被送到第二道光栅。"

张学然有点兴奋,几天来终于第一次露出笑容,"对啊!所以他的头断了,和整个传送无关,传送根本没有错误。我怎么没想到?!"

巫真猜想,如果光栅没有问题,查出真相后,马上就可以重新启动试验,"没错,传送被人改变了路线。我的推理是否可行?"

"机率很大。我们赶快去仓库那边看看。"张学然刚说完,手提电话就响了起来。

"对,我正在私下进行调查……什么? 你也想卖认股票? ……对,我可以替你买,你要卖多少? ……全部? 你也要走了? 我明白你的苦处,对,你不想卖……你可以让我跟大嫂聊几句吗? ……你好，我就是张学然……这个，我明白你们还要还房贷，但我不可能全部买下来……可以叫他听电话吗？我想跟他说……我当然不可能全部买下来，用原价一定不行，我也没这么多钱，我只能出五分之一……如果再多人要卖的话，我连五分之一的价钱也拿不出来……你们想想看，我再和你联络。"

挂上电话后，张学然一脸失落。

巫真和林菁菁面面相觑，异口同声："什么事？"

张学然叹了口气后，黯然道："又有人递辞职信了。试验失败等于向我的团队宣判死刑。现在重新启动遥遥无期，其他团队拼命挖角，我的同僚见形势不对，也急于争前恐后跳船走人。"

林菁菁安慰道："人性弱点嘛！"

"我不知道可不可以这样说。他们也花了很多心血在里面，如今却几乎一无所有。"张学然不忘帮同僚说好话，"虽然还有些人留下来，但我推测只是还没谈好条件，一旦谈好，马上走人。"

巫真求证道："刚才听你在电话里的话，你好像在向他们收购股票。"

张学然点头，"对。我对我的研究计划有信心，我要用行动告诉他们，真相最终一定水落石出。我用钱来表示我的信心，非常实际，跟大股东回购股票一样。"

巫真有点不解，"可以用这种方式回购股票的吗？我以为股票只可以在市场上公开买卖。"

张学然答："这算是我们这个团队的特色，除了提高队员的归宿感，也展出管理层的信心，所以我们用私人公司的名义拥有股票，只要把公司卖掉，就可以连带把股票一同转换。"

"你们的做法挺专业的。"巫真其实并不熟悉相关的法律条文。

张学然又道："有法律专家教我们怎样善用资源，而且，我会用回购行动证明我并非只是空口讲白话，而是会尽力找出答案，想办法起死回生。"

林菁菁提示道:"可是,如果找不到真凶的话,你买回来的股票就作废了,会变得一文不值。"

张学然用力点头,"没错。不过,我相信上天不会这样对我。如果他们全部人都愿意卖给我,我不惜倾家荡产。如果到最后我反败为胜,就会比现在赚到更多的钱,他们会后悔莫及的。"

林菁菁问:"做科研能赚很多钱吗?"

张学然苦笑道:"怎样才算多? 我看只是比上不足,比下有余。如果真要用天才衡量的话,恕我自视过高,我赚的跟我的才能相比,少得完全不成比例。"

巫真问:"看来你以前好像赚了不少钱啊! 不然何来大钱去回购他们的股票?"

"其实科研跟赌钱一样,能赚大钱的百中无一,幸好我以前念大学时写了些手机程序,算是赚了第一桶金,但也不是很多。"张学然压低声音道,"是我后来找了投资顾问帮我钱滚钱,才滚出一笔好大的钱来。这些我在媒体采访时从没说过。"

巫真露出羡慕的目光,"你也算是投资有道呀!"

张学然挥手,有点得意忘形,"人生总得有钱,尤其你愈想过理想的生活,愈要有钱做后盾。光栅是我的生命所在,因此,尽管它非常花钱,但我不惜把毕生积蓄全部投到里面。我相信,有你们两位出手相助,凶手最后一定会被绳之以法。"

巫真觉得张学然简直有点疯狂,换成自己,有钱的话马上就退休,去外国静静地过日子,而不是拿来再赌。"放心,我们一定会尽力,不只尽全力,而是尽百分之两百的力量。"巫真转头看向林菁菁,"菁菁,对不对?"

林菁菁迟疑了一阵,才点点头。

"好吧! 我们去仓库吧!"张学然一副信心十足的样子。

巫真和林菁菁跟着张学然走向仓库。

张学然来到门口,熟门熟路地在数字键上输入一半密码。

林菁菁受职业本能驱使,静静倾听发出的声响。一个数字响一次,一共是六位数的数字。不知像张学然这样的天才用的是什么数字?

巫真没想这么多,他见旁边还有个指纹辨识机,却没有用到,未免有点浪费,便问:"为什么不用指纹辨识?这方便得多啊!"

"指纹涉及私隐,很多同僚不愿意使用,所以形同虚设。"张学然的语气有点无奈。

门禁确认了身份后,门无声地滑开。

巫真开始觉得,那个传送试验遭破坏,完全是合理的。要不是这群科学家那么自我,让保安系统形同虚设,根本没有人可以肆意破坏而不被发现。

巫真以为科技岛上的仓库,也不过只占一层,顶多两层,岂料进去后发现内部的空间竟像个体育馆那么大,起码有五层楼高,全智能操作,跟工厂的货仓完全没有两样。

——说不定,仓库系统的基本装备就是这样,无法再缩减。

杂物装在一个个像透明小房间的货柜里,一层叠一层,已经叠到四层高。

张学然走到一台终端机前,输入一堆数据后,位于天花板的机械臂开始移动,但速度非常慢。张学然趁机解释道:"我们要的东西是这个七号仓,在第二层。地面上的算是第一层,愈往上,层数愈高。现在机械臂先要把七号仓上面的两层移走,之后才能把七号仓抽出来。"

巫真环视仓库一周,觉得里面的东西真是多得不一般。别说光栅,就算有人告诉他说,研究的是战机那样的庞然大物,他也会全盘相信,绝无异议。

他觉得这次真是大开眼界,道:"想不到要研究的光栅机那么小,相关的杂物居然占如此大的空间。"

张学然以冷冰冰的科学家语气答道:"光栅不小了,我们还想把它变得更小。单是为了做这光栅本体,我们就试过很多材料,估计超过一百种,里面的零件试过的就更多了。很多东西在试验期间都给淘汰掉了,少说有百分之九十五,毕竟硬件无法像软件般更新。像当初很原始很早期的光栅,为了控制成本和加强稳定性,就比现在小得多。"

巫真好奇地问:"有多大?"

张学然举起拳头,"有这么大。"

巫真跟林菁菁面面相觑,张学然的口气一点也不像开玩笑,"只有这么大,能传什么?"

"一颗原子。连复杂一点的细菌也不能传。"张学然伸出一根食指,仿佛要叫人留意上面小到视力不可见的一点。

巫真不解,问:"病菌也称得上复杂?"

"病菌足以致命,可以让病菌研究专家花一辈子去做研究。"林菁菁提醒他说。

张学然说:"跟疾病无关,你们想想,一颗原子和病菌有什么不同?"

巫真恍然大悟,"当然不一样。一颗原子就只有一颗,但病菌由很多原子组成,结构上比较复杂,但也仅此而已。"

张学然道:"你说得没错,但只对了一半,最重要的是,病菌是生物。如果经过传送后,病菌死掉的话,即使能传送出去,但其实还是失败。"

"原来这样。"巫真连连点头,不知怎的,传送生物这种说法,让他脑海浮现出传说中赶尸的画面——把人送回乡下,但被送者已是死人。

林菁菁不知道巫真在想什么,他看来一脸认真。

张学然说话时仍带点兴奋,"我们花了很长时间才破解传送病菌的方法。简单地说,从传送一颗原子,提升到成功传送一个病菌,真是两个不同的层次啊!就像是从牛顿力学到相对论,是一次惊天动地的范式转移①。"

机械臂仍像玩积木般把小房间吊起又放下,好不容易才把第七号仓抽出来,准备放在他们面前的空地上。巫真还无法领会张学然所说的精妙之处,他只看见上面用红漆画了个圆圈,里面打了了交叉,在中心点写道:"危险,不得停留。"

整个移动过程慢得不得了,如同十足的慢镜头重播。

不等机械臂归位,张学然已经带他们直接走进七号柜。

巫真见各样物件虽然都贴上了编号贴纸,但放置时显然不是很有逻辑次序,也没有分区。房间虽然不大,但杂物很多,大小各异,乱七八糟地堆放着。

巫真觉得根本无从入手,果然就听到张学然像是自说自话道:"那些人有时做事情也是乱来的,这样放东西根本找不到。"

林菁菁接嘴道:"你要找的那个光栅还只不过拳头那么大。等等,要是那么小的话,应该无法用来破坏现在的光栅传送啊!"

张学然笑道:"我指的光栅当然不是很小的第一代,而是大得多的,和现在用的一般大,完全一模一样,所以立体坐标才会一样。这个应该很显眼才对。光栅应该在这里呀!怎么不见了?!"

林菁菁问:"是不见了,还是搞错了位置?"

"不可能搞错。那一道光栅的相关材料全在这里,不可能会错。我认得。"张学然的语气开始急了。他回到终端机前,开始查

---

①指一个领域里出现新的学术成果,打破了原有的假设或者法则,从而迫使人们对本学科的很多基本理论做出根本性的修正。

询相关资料。

巫真和林菁菁站在他背后,巫真低声道:"如果在这里出错,出问题,表示终于找对方向,逮到线索了吧!"

林菁菁点头表示同意。

张学然再次抬起头来时,巫真问道:"怎么样?"

"完全没有头绪。可能被人动过手脚,移送到别的小仓库里去了,但是又没有更新数据库上的数据。"张学然的眼睛仍对着屏幕,手指仍然在键盘上飞舞,但看来一无所获。

巫真问:"可以逐一去查吗?"

张学然有点诧异,问:"你是指这些小仓库?"

巫真点头,"对啊!"

张学然答:"理论上可以,但你也看到这吊臂移动的速度,要逐一吊下来,肯定很花时间,半天肯定不行,也许要几天的时间。"

巫真问:"可以查到之前有谁调动过七号房吗?"

张学然答:"这个我查过了,没有啊!"

林菁菁问:"有谁调过七号以下的房?"

张学然眼睛闪过一抹异样的神色,问:"什么意思?"

林菁菁解释道:"就是调动这个七号小仓库下面的其他仓库。"

张学然拍手道:"我明白你指什么了。对,要调七号下面那个,就要连七号也调走。"

林菁菁连连点头,张学然又接口道:"不行。由于这些小仓库的位置不断变动,像货柜码头一样,七号的位置不见得每次都一样,有时在顶,有时在底,有时在中间,要视情况而定。那个组合简直千变万化。"

"那涉及七号的移动情况,能查吗?"林菁菁又追问,"有人要移动其他小仓库,无可避免地会连七号也要移动。"

"对呀!"巫真附和道。

张学然的脸苦了起来,道:"我们无法在这里查出这种资料。不,也许只是我不懂。不过,我知道,可以找计算机管理那边的专家在后台用结构查询语言去找。等一等,我看有没有更直接的方法。"

巫真问道:"什么?"

张学然解释道:"刚才进来时不是有录像吗? 只要查有没有什么人进来过不就行了?"

巫真说:"对,这最简单。"

林菁菁泼冷水道:"我认为对方如果本领这么大,绝对不会犯下这么低级的错误。搞不好的话,他连计算机里的记录也会全部删掉。"

张学然脸色一沉,"不会吧!"

林菁菁说:"很有可能,我看他早就料到我们会有这一着。"

"你说他早就料到我们会来这里找第三道门?"张学然问,表情有点难以置信。

巫真微微点头。张学然这种人大概不会想到有人能处处算到自己的下一着——那岂不是比天才还天才?

几个小时后证明,林菁菁的推测一点也没有错。影片和其他记录全部都被删掉了。

"我们一直提防外人入侵我们的系统,从没想过自己人会破坏。看来我们太天真了!"张学然不无慨叹,"没想到,到头来我们还是一无所获。"

巫真对这点倒不是太同意,"不,我们的收获应该说是非常大才对。"

"你怎会这样说?"张学然眉愁苦脸地问。

林菁菁解释道:"我们找到了合理推论,证明我们的搜寻方向完全正确。只要沿着这方向找下去,一定可以找到真相。"

但张学然脸上仍难掩失望之情,"我本来以为今天就可水落石出。"

"你想得太美了,"巫真答道,"你做科研时讲持久讲耐力的个性跑到哪里去了?"

张学然答:"不,这跟我本人无关,而是这个研究项目以现在这种半死不活的状态拖得愈久,董事局那些人要把它复活的机会就愈小。"

林菁菁又问:"不是说还要等调查委员会吗?"

张学然摇头,"我本来也是这样想的,但这几天回想起这辈子做过的项目,那些什么调查委员会大部分都只不过是权宜之计,只是用来拖时间的。而且,只要这个委员会一天不开会,陈志伟的尸体就一天无法交给保险公司。"

巫真答:"所以保险金也就无法发下来。"

"没错。"张学然又补充说,"他们全部都是互相勾结的,根本不打算找出真相。他们不会马上把计划结束,只要把计划保持在冷藏的状态,底下的就会一个个走人,一毛钱也不用赔!"

林菁菁咬牙切齿道:"真卑鄙!"

"他们的投资呢? 那个钱不少吧?"巫真问。

"投资的钱确定不少,但他们的身家很高,不会因此破产。一个项目赔了钱,对他们来说只不过是少买一套房子吧。"张学然说得轻描淡写。

三人静默了一阵后,巫真岔开话题,问:"你上次说传送时无法改变传送位置,所以无法在传送后把头移离身躯,对吗?"

张学然点头,"没错,这完全违反物理学定律。"

巫真追问:"那有没有办法只传送目标的一部分?"

张学然双眼放光,反问:"什么意思?"

巫真觉得这像是天才科学家追求宇宙真理时双眼发出的光芒——为了得到真相，愿意付出任何代价。

"只传送头，或者只传送躯体。随便哪一样。"巫真回答道。

张学然看来有点困惑，"为什么要这样做？"

巫真没回答，而是反问道："你先回答我，技术上可行吗？"

张学然没追问下去，答："当然可行，以前传送试验失败，就出现过这样的情况。但是，我们现在已经解决了这个问题。"

巫真和林菁菁互相对望，不发一言。

张学然道："我知道你们怎么想的了，就是先把头或者躯体传过去，接下来再传送另一样，这样看来就像是用利刀把两者切割开来的。"

巫真道："没错，我早就跟她说过只要提到这个想法，你这天才一定会猜到试验上该如何操作。"

张学然擦擦鼻子，有点不好意思，"这个很容易猜的嘛！不过，重点是这个做法无法实行。"

"即使做手脚也做不到吗？"巫真急问。

"放心，我的想象力不会比你少。"张学然一脸认真，"但这个实在做不到。我们修正了以前的错误后，分段传送完全违反已知的物理学定律。我只能说，你们能想出这个很绝妙的做法，真的非常聪明，连我也想不到；但做不到，就是做不到。"

13. 爆 料

"请问林菁菁小姐为什么会做调查工作?"台下有人举手。

"我吗?"林菁菁没想到竟有人会向她发问,有点不知所措。这种问题不是应该问巫真吗?他才是名侦探啊!自己只是助手而已。

"你就说说看吧!"坐在旁边的巫真鼓励她。

"我——"她张开口,舌头像打了结般,说不出后面的话。

她眼前浮起"张口结舌"这四个大字。这个四字成语不断自我复制愈来愈多,而且字号愈来愈大。

一阵急促的铃声把林菁菁惊醒,她这才发现自己浑身冷汗。冷气从被窝外窜进来时,她不禁打了个喷嚏。再深吸一口气时,嗅到一阵奇特的气味,大概是那些试验室的味道经中央空调来到了房间里。她昨天已开始嗅到,但此刻感觉最为强烈。

到底是什么味道?也许她应该去查查看。

要是有人问她为什么要做调查工作,她还真不知怎样回答。笨笨的巫真肯定也无法替她解围。幸好有这铃声,才让她从噩梦中醒过来,返回现实世界里。

铃声又响起来了。不过不是来自闹钟,而是门铃。

看闹钟,才早上九点过一点儿。

原来刚才嗅到冷气的味道,也不过是一场梦!是梦中梦!另一层梦境。

——你这笨死的名侦探不可以让我睡久一点吗?!

林菁菁跳起身来,披衣趿鞋,没有开门,只是站在"猫眼"后窥视。

出乎意料之外,那人并不是巫真,但看不出到底来者何人。

即使有一门之隔,但在陌生的环境里,她难免有戒心,问:"是谁?"

"我是陈子慧,前几天在餐厅里打过照面的。"

林菁菁当然记得她。那天晚上吃饭时,她和陈子慧没谈过一句。她怎会知道自己住在这里?不过也不奇怪,她只要问负责打扫的人就一清二楚。

"很早啊!什么事?"林菁菁道。她的声音还没有展开,连自己听起来也有些沙哑。

"不好意思,这么早吵醒你。我想同你讲几句话,不知你起床了没有?"陈子慧放低姿态问道。

"刚起来。"天啊!才九点!平时自己还在梦乡里,又不是上班族要赶上班。

"不好意思。"陈子慧又重复一遍,那种近乎卑躬屈膝的态度叫林菁菁有点厌烦,但转念又想,她很有可能来爆料!

这叫林菁菁马上提起精神来,"等我三分钟。"

她随即展开三分钟变身术。在这方面,她自诩比其他女人要强一些。她还年轻,自问长得清秀,有时甚至觉得自己天生丽质,可以不化妆,只要架个大黑眼镜遮掩眼袋和熊猫眼就行了。

她一边变身,一边致电巫真,不浪费一秒时间。

"什么事?"他很贪睡,但只要睡了一觉,声音就非常有精神。

巫真显然比她早起得多。虽然她常取笑他,但平心而论,他其实真是名侦探的材料。

"陈子慧来找我了。"她说。

"这么早?"他的声线也变得不一样,"很不寻常呀!"

"对。我们可以现在到你那里去吗?"她问。

"现在?"他问。

"当然。你在忙什么?"林菁菁问。

"我内急……"巫真答。

"那你手脚快点,比女人还像女人!"她用力挂上电话,叫自己平心静气后,才去打开大门。

陈子慧把身子无力地倚靠在背后的墙上,头垂得很低。一双眼睛看到林菁菁时,像发现人生希望似的,放出了微光,而且连声道歉。

林菁菁长期调查各种凶案,养成对人充满戒心的态度。陈子慧看起来不像有什么杀伤力。如果她是罪犯,那也是纯粹的高智商罪犯,不可能和人徒手搏击。

但林菁菁也很清楚只要有武器在手,看起来再温顺的小猫,也可能变成凶猛的老虎,而且不费吹灰之力就可以把目标撕开。所以,她和嫌疑人接触时一向特别小心。

林菁菁再三细看,肯定陈子慧绝不是杀手。她那虚弱得快要向阎罗王报到的身体状况只有被屠宰的份儿。

"先进来吧!"林菁菁把陈子慧让进屋来,"要不要喝点什么?"

"清水就行了。"陈子慧以仅存的一点气力回答道。

"牛奶?"

"也可以。"

林菁菁觉得应该让这个可怜的女子好好进补,又问:"吃了早餐没有?"

"吃了点面包。"

林菁菁走进厨房，找到张学然日前给她张罗的食物，于是也没多问陈子慧，当下便做起简单的早餐。双蛋烟肉肠仔，再加方便面，虽不丰盛，总算聊胜于无。

她端出早餐后，看出陈子慧简直要口水狂流，说了句"不客气"后马上狼吞虎咽。这几天陈子慧根本没有吃饱，她户头里的钱应该没剩下多少，只好省吃俭用。

林菁菁吃完早餐，看时间巫真应该洗完澡吹好头了，便带陈子慧过去找他。

"她想来提供些线索。"林菁菁没有废话，一开始就直奔主题。

"你知道凶手?"巫真问。

陈子慧微微点头。

"好吧！实在太好了！不过，"巫真又问，"我们要先录像。"

"你要拿来做呈堂证供?"陈子慧有点意外。

"暂时还没这打算，但我保留这权利，不过重点是，我不想你把这些话重复着一遍又一遍地告诉其他人，那好累！"

巫真还没说完，林菁菁已经动手，把手机放在三脚架上，而且示意陈子慧坐在沙发上另一个不背光的位置上。

"我……我不习惯……"陈子慧结结巴巴道，"对镜头讲话……"

"你不要望镜头，望着我就可以了。"巫真用手指朝自己的胸口指指。

"我觉得一切都是林子修做的，虽然不知道他是怎样做的。我是在这里才和林子修重逢的。"

虽然陈子慧的话很突兀，没头没脑的，但巫真相信她透露的就是他们一直苦苦追寻的所谓隐形的人物关系，便问："林子修是这里的研究人员？"

"没错。"陈子慧低声道。

"你当初是怎样结识他的？"巫伟信继续追问。

"他是我还在念国中时在一个中学生网站上结识的，那时还没有社交网站。后来社交网站出现后，很多网站也倒了。"陈子慧答。

巫真点头，一切如他和林菁菁所料，只有这样，那个林子修和陈子慧的关系才有可能避开他们的侦查，在网络上完美地不留痕迹。

陈子慧继续道："我不是一个聪明的学生，遇到学业上的问题，不敢在学校里向老师发问，怕被其他同学笑。我知道其实这是很幼稚的心态，而且笑我的同学，也不一定懂得解答，但我们学校的风气就是这样。很多同学要是有问题，都会去补习班的网站里发问，像我这种没钱上补习班的穷苦学生，就只好去论坛里问功课。"

"论坛不是纯交友的吗？怎会有人解答功课？"巫真问。他年轻时也曾上论坛，但以交友居多。他自问念书还算不错，就算有问题，也会上线自己找答案，很少向人求助。

"论坛有很多不同的种类，也有这种问功课的地方。当然，我知道，有些人就是以指导为名，而行结识异性之实。有些论坛甚至变成色情勾当的中介场所，女学生只是上来做援交。不过，我当时就是纯粹的问功课，并没有其他目的，也因此结识了来自不同学校的同学，大家互相帮助和鼓励，度过了一个又一个的难关。那是很美好的人生体验。"

林菁菁点头，当年她也曾上网问功课，不过用的是学校内部的联网，指导她的是同校的师兄师姊。等她自己升上高中后，就反过来去指导师弟师妹。这是很多名校的优良传统，学校也希望这批同学保持联络，日后在社会里可发扬互助精神，在社会上形成一股力量，间接提高校誉。

　　陈子慧继续道:"我和很多网友都是依赖纯文字来交流,不知道对方的样子,顶多只知道彼此的电邮地址,连手机号码也没有交换。直到某一年暑假时,我们决定来个聚会。我和林子修就是在那次活动里认识的。"

　　巫真和林菁菁交换眼神,情况和他们猜的愈来愈接近。

　　陈子慧说:"那次聚会后,我们两个私下又约出去见过几次面,对彼此也加深了认识。不过,就和学校里的友谊一样,等大家年纪稍长后就逐渐疏远了。毕竟,网络上的友谊,本来就不怎么稳固,而且,我们的兴趣也愈来愈不相同,难以找到共同话题,我和他也就不再往来。没想到再见面,已经过了十多二十年,在这里。"

　　巫真微微点头。

　　陈子慧继续道:"他知道我的处境后深表同情,我们也一直秘密联系,没让志伟知道。他恨极志伟,因为他认为就是志伟一意孤行的作风让我人到中年仍然过不上好的生活。其实,志伟并没有用锁链把我扣留在身边,我可以随便离开,但我选择留了下来。"

　　巫真没有答话,但心中也认为陈子慧继续留在志伟身边实在不可思议——那不只要承担世俗的生活压力,还有志伟身为受试者、生命备受威胁而带来的心理压力。虽说她如果取得保险金后可以发大财,但那会是另一个漫长的等待,绝对不能等闲视之。

　　陈文慧又道:"志伟出事后,他跟我通话时虽然没明确表明事情是他做的,但却一再恭喜我重获自由,给我的感觉很诡异。"

　　巫真对她讲的话并不感意外,林菁菁也道:"你说的话和我们猜的几乎一模一样。现在我们有你可做人证,证明那个林子修有杀人动机。"

　　陈子慧惊问:"真的吗?你们真的猜到了?"

　　林菁菁说:"不难猜到。要是我们当时有录音的话,现在就可以放给你听。严格来说,是我猜出来的。而且,有人还猜你有别的身份。"她斜眼望着巫真。

"别的身份?"陈子慧很是困惑,看着林菁菁寻求提示。

"你不是援交妹吧?"林菁菁笑问。

"援交? 当然没有!"陈子慧答得很爽快,"我们当时有些同班同学在做援交。网络上也有很多。据我所知,有些是贪钱,有些是好奇,有些是怕寂寞,总之各有原因。可我不是。虽然我一直都没钱,但我从来没想过出卖自己。"

"我早就说你不是这种人。"林菁菁眼睛扫向巫真。巫真装出苦笑来掩饰尴尬的表情,但最后还是敌不过林菁菁凌厉的目光,向陈子慧鞠躬道歉说:"不好意思。"

"林子修? 为什么他会和这案件有关系?"张学然看了录像后,震惊得不得了,在他的办公室里踱着步,来来回回,最后几乎是一屁股跌回他的高背椅里,"他是我们团队里最年轻的研究员。我怎么也想不到会是他,实在令人难以置信。"

"很多高智商罪犯都是这样,平时看不出来的。"巫真说。

张学然翻查计算机后道:"他应该是第一批离开岛的人,大概被别的团队挖走了。像他这么聪明的人,如果真的是他的话,我实在很想知道他到底在光栅里做了什么手脚,肯定也是不得了。"

"怎么连你也变成侦探了?"巫真问。

"做科学研究,其实很像你们侦探做调查,所不同的是,我们不是调查罪案,而是要发现隐藏在日常生活里的自然规律。"张学然道。

"只要证明上次的意外是人为破坏,光栅本身并没有问题,一切就很快可以重新开始,对吧?"巫真问。

张学然边点头边拨电话,但过了很久也没人接,"林子修没接电话,可能在忙别的事,我给转到留言信箱里——喂,子修,我是张学然,你有空就回我。"

巫真答:"这倒奇怪,我以为他的电话会停止服务。"

张学然问:"为什么要停止?现在还不是一样找不到他。"

巫真解释道:"只要他的手机仍然有服务,即使已经关上,他的行踪都可以让电讯公司得悉。"

"你说关机后?我没听错吧!"张学然惊问。

巫真答:"没错。手机其实已经是一种公然泄密的工具,对这种情报有兴趣的包括世界各国的间谍组织,所以很多手机程序同时也是窃取情报的间谍程序,装得愈多愈危险。"

张学然的表情看来难以置信,"太夸张了吧!"

巫真说:"一点也不。"

张学然盯着计算机画面,若有所思,隔了一阵才道:"不,也许我们想太多了。我觉得他不是要逃避我们。"

这时,张学然的手机忽然响了起来,他马上接听,"子修?……噢,不,不好意思,我以为是他打过来……什么?陈道好不见了?我没接过她的辞职信,说不定她走了也没告诉我们一声……你要知道这年头很多人做事都是出人意料。你们有没有去过她房间直接找她?开什么玩笑?快去拍门!"

张学然挂线后道:"我们有个队员不见了,最后一次出现已经是前天了。最怪的是没人想过去房间直接找她,这年头的人太怪了,大家都只喜欢通过网络或者手机来联络人,而忘了还有面对面这种最基本最简单的接触!"

张学然站起身来,示意巫真和林菁菁跟着他。

三人连奔带跑去到下一层,某个房门外已经挤了十几个人,正在议论纷纷。

"她的手机没有人接听,电邮没有回复,在网络上也不见踪影。"

"她没有离开本岛，确认过了。"

有人按门铃拍门，但就是没有回应。

好不容易，终于找到总务部的人来，用备用钥匙把门打开，但也不见有人在里面。

巫真一马当先冲进房间，里面看来还像有人住，而且个人物品俱在，包括相架、背包，还有好些有纪念意义的物品，"我打赌她应该还在岛上！"

"真是一波未平一波又起。"张学然自言自语道，"请大家快去帮忙找人。"

不过众人并未因此离开。

张学然又道："你们未必喜欢再听我指示，我并不是让大家看到我的分上，而是请大家念在失踪这位是跟你们并肩作战多时的战友分儿上，帮忙找找她的下落，拜托拜托！"

众人犹豫了一阵后，才开始出动。

张学然马上致电通报董事局，接着报警求助。

14. 计算机机房

在警方来临前,岛上所有人已发动大搜查。

"这个陈道好人缘看来不错。"林菁菁说。

"你想太多了,说不定只是因为大家闲着无事做吧!"巫真说。

"才不是,"林菁菁道,"我认为他们早就对光栅被破坏而丢了饭碗深深不满,所以要积极地找出答案。如果这个陈道好是畏罪自杀,他们也希望能找到遗书。"

"所以这个陈道好才是破坏者?"

"说不定。"

"那陈子慧自动爆料的林子修,又是什么一回事?"

林菁菁耸耸肩,"我不知道,说不定两者都有关,又或者,其中一个根本无关。要不要赌最后出来的答案是什么?"

"才不要。"巫真摇头。

两人虽是名侦探跟助手,但对岛上的环境并不熟,不敢贸然加入搜索行列,所以决定先留在后方了解局势后再部署。

即使管理层一再强调,希望这种搜查工作由警方负责,但仍被研究人员漠视。他们以三人为一小队,在岛上展开搜索行动。

"斗志高昂啊!"巫真赞叹道。

"对,自从出事后,已好久没见过这种团体合作了。"张学然也不得不同意,虽然语气平淡,但巫真感到他内心的情绪波动有时也很大,只是一直用理性压着。

没多久,其中一队人马回来报告,本部研究大楼三楼的一道门锁得很紧,无法打开。

巫真和林菁菁赶到现场时,门前已经站了很多人,连陈子慧也在其中,她手上还抱着小狗。

"这狗大概是她的守护神吧!"林菁菁答。她没说的是,这年头有种名为"宠物不可分离症"的东西,患者必须时刻和宠物在一起,否则会深感不安,严重者甚至会影响心脏跳动,以至于有人以此为借口坚持要抱宠物一起搭飞机。

"大概岛上所有人都来了吧!"巫真看着数不尽的人影说。

众人见到他们,纷纷让出一条路来,让他们直达门口。

——名侦探的特权还真多。

巫真没说出这话,只问总务部的人,后者手上拿着备用钥匙,"门怎么会打不开?"

"我已经用钥匙开了门。"总务部的人举起吊在身上的牌子,往门旁边的感应器一刷,小灯泡亮了绿灯,"可是门后面好像有东西顶着,我们怎样用力都无法推开。"

巫真看见门牌写着"计算机机房",但顶上并没有"猫眼"之类的保安系统。

——又一个盲点! 这情况简直就是鼓励人家犯罪!

"只有一扇门,对吗?"他问。

"对。"众人点头。

"有没有想过从窗口钻进去?"巫真又问。

"唯一的窗户在背面,我们从过道上没法过去。"

"这里是三楼,也没办法从后面地面上直接爬上去。"另一人接口道。

"而且窗户是关着的,要打破玻璃才能钻进去。等警察来吧!"第三个人道。

众人议论纷纷,表面听来很有逻辑,但细心分析发现还是废话连遍。巫真不禁慨叹:科学家也不过是常人。

"你们站在这里也不是办法啊!"林菁菁嘲讽道。

"我会攀岩,可以从天台放游绳下去看。"终于,一个看来很年轻的家伙说了句有点常识的话。巫真认得这副脸孔,他就是林菁菁早前筛选剩下来的,跟陈子慧年纪相差无几的那个人。他脸色苍白,毫无血色,巫真暗地叫他"病君"。

——想不到这人居然会游绳!还以为他三步不出闺门。

"病君"马上出发,但巫真不知他会不会另有企图,毕竟侦探就是要在破案前怀疑所有人,绝不能掉以轻心。

虽然陈子慧口中只提过林子修的名字,但难保除林子修外就没有其他同谋。

隐形的人物关系可以把很多人串联起来,而且彼此之间还不知道对方的存在。

巫真示意林菁菁留在现场,他自己则跟在"病君"后面跑,"我们一起行动吧!"

巫真身后响起脚步声,他回过头来看到,有五个人跟在自己后面。难得见到帮手,他便指挥道:"你们其中三个跟着他,看他需要什么协助。另外两个跟我来。"

巫真领了两人去到建筑物外边的草地,抬头问:"计算机机房的窗口在哪里?"

天气漂亮得很,万里无云,太阳猛得叫人几乎睁不开眼睛。众人不得不用手挡在额前。

可是,凶案不挑天气,不挑地点。纵使他不像有些人喜欢在热天里躲在冷气间,要在天气这么漂亮的大白天找尸体,实在大煞风景。

两人从左边的窗口一个个数过去,最后同时指着其中一个。

"要不要再看看平面图来确认?"其中一个问。

"时间紧迫,你们俩同时肯定就行了。我可是很想看看机房里面的样子。"巫真刚说完,那人已很快从平板电脑里调出平面图来了,好像是有意不给巫真面子。

巫真尴尬一笑后,仔细研究平面图,看不出有什么古怪,门确实只有一道,再明白也没有。不过,也许这是个错误的判断,一定还有其他门道,等他进去后就可以仔细调查了。

此时,"病君"已登上天台,而且换了装束,从矮身的围墙后面探出半个身来向在地上的人打招呼,同时要找出机房窗口所在。

他戴了手套,确定位置后,身子缩了回去,大概要找个地方固定绳子。

巫真马上紧张起来。

——不,绝不能让"病君"一个人去探看。第一个进入密室的人可以做很多手脚,包括趁机把相关证据抹掉。这种小把戏在很多早期的密室谋杀案里非常普遍,即使在现实世界也同样行得通。

巫真觉得这时应该和"病君"一起,好监视他的一举一动,可是,巫真自己实在怕高,从天台把他吊下来,简直会要了他的小命——谁说名侦探不能畏高?!

名侦探的入职条件,只是不怕注视尸体。

"病君"已经把绳子抛下来。

巫真对"病君"喊道:"不如等警方来了再说,我怕你会不小心破坏现场证据。"表面是劝喻,其实是警告。

"放心,我会很小心的,什么也不会碰。""病君"的声音像在空气里散开来似的。

"不,我不是这个意思。"巫真总不能说自己连"病君"也怀疑吧。

"病君"翻过了围墙,背向外面,腰上扣了安全带,似乎在做最后检查,准备滑下来。

——绝不能让"病君"接近那窗口,不然整个案件可能被他毁了!

但巫真一时间却想不出什么借口。

此时,天际传来一阵细密的声响,从远至近,很快就变得清晰起来——两架直升机正向岛上飞来,速度之快像是要把敌人杀个措手不及的空袭。

巫真等人很快就感受到直升机引起的气流,而且卷起的沙尘也愈发凶猛,像要拼命钻进身上的毛孔。但巫真同时也暗自叫好,因为"病君"投下来的游绳被气流吹拂摆动得厉害,简直龙飞凤舞,使"病君"不得不赶紧缩回围墙里。

两架直升机——严格来说是运输直升机——加起来运了近十个警察到岛上,除此之外,一艘游艇似的警船也开来了,等靠岸后,又送来了至少二十个警察。

这样加起来,岛上一下子来了三十多个警察——三十多个生力军。

不过,看着一个个警察在面前走来走去,巫真不知道事情会变好还是变坏。

好的是,警方阻止了"病君"接近那窗口,而且他们会有办法也会根据程序进入机房,不必巫真自己动手。

坏的是,警方会抢功劳。只要有一具尸体出现,警方就会马上介入调查,顶多是发现案件异常复杂而且力有不逮后才会退出,再叫名侦探接手这烂摊子,然后在发现曙光后又冒出来,其行径和盗贼无异。

巫真和林菁菁吃过这种苦头好几次后才学乖,不过,现在的情况可能仍然由不得他们做主。

这次负责的指挥官叫陈永仁,和巫真"合作"过。他身材高大,比巫真高出整整一个头;头发很短,像刺猬,说话也很带刺。

——千万别被对方的气势压倒,否则一定会被对方吃定。

巫真走向陈永仁,握了握手,不客气地先发制人:"怎么我们刚刚有点发现,你们就来了? 死神也没你们来得快。告诉我,谁是你们的卧底?"

"别胡思乱想,是这里的高层报警的,我们只是接到市民举报才来。"陈永仁以冷面笑匠的口吻道,"你以为我想来吗? 今天是我女儿的家长日,我刚和老师面谈时就接到上头的电话。"

"还真不好意思。"巫真假惺惺地说道。

"不打紧,反正老师说我女儿的字很难看,我还想告诉她,我女儿的字已经是全家最漂亮的了。这年头,我一年下来亲手写的字,还比不上我看过的尸体来得多。"

陈永仁咧嘴浅笑,仿佛笑匠刚说了个笑话等观众鼓掌。巫真只好陪着干笑。不知老师听了这话后会有什么反应。

陈永仁是少数和巫真合作得不错的警官,但亦敌亦友,也是不打不相识。

不过,陈永仁和林菁菁的关系相比之下就差得多了。两人从一开始就水火不容,而且从来没有改善过。两人看来更像互相斗气的侦探和搭档。

陈永仁了解情况后,一如"病君"的做法,也是派人放游绳下去,而且不只派一个人。他走到一旁指挥,用耳机说了一阵话后,回头对巫真道:"我们仔细看过那窗口,没有被人动过的迹象,这也不打紧,那窗口封死了,根本无法打开。"

"能看见里面吗?"

陈永仁用没有感情的语气道:"窗户在背光面,门又锁着,里面太暗了,在外面什么也看不到。我们准备破窗而入。"

"破窗可能会破坏现场——"巫真想要阻止。

"名侦探,我们没时间仔细考虑那么多了。门跟窗口现在都无法打开。我们不可能像你那么优雅,只需要逻辑去推理。我们是警察,必要时我们不怕弄脏双手。而且,别忘了,现在里面很可能有个人躺在地上,不知是生是死。我们不只要动手,而且还要快。"陈永仁坚持采取行动。

巫真即使身为名侦探,但面对全权掌握局势和资源的警方,别说占不到一点便宜,连讨价还价的空间也没有,只好附和道:"那我们要尽快进去看看。"

"跟我来。"陈永仁领着巫真来到临时成立的指挥中心,计算机小画面上是一个戴帽的警察——由于在很近的距离拍摄,只能见到他的上半身。

画面很快转换,看到旁边还有另一个警员,同样准备游绳而下。

巫真瞄到站在旁边看得入神的法医,他也刚好回过头来,和巫真眼神对碰,眉头紧皱起来。

——嗯,原来是"死神"。

巫真知道这次一定会再碰到他。

"怎么又是你啊?!""死神"很年轻,脸孔很光滑,但早生华发,仿佛看尸体看得太多,连自己也加速衰老,更贴近死亡了。

"对,又是我。"巫真点头。他以前曾在几起命案里见到过"死神",彼此还有点争执。总之,巫真和林菁菁最后彻底推翻了"死神"的结论,让他重重摔了一跤。平心而论,错不在"死神",而是凶

117

手太狡猾,用了很复杂的方法有意误导,让法医未能发现死者真正死亡的时间。

不过,巫真对"死神"仍然心存敬意,所以言辞间并没有冷嘲热讽,倒是"死神"有些耿耿于怀。

视线回到画面上。两个警员已顺利游绳来到窗口,他们花了点时间才把玻璃窗割开爬进去。

进到室内,不用手电筒也能看到地上躺了个人——暂时还不能断定到底是活人还是尸体,映入眼帘的还有一摊血。

巫真心知不妙,尽管已有心理准备,但看到这一幕,心也不得不往下沉。

在另一个画面上,有个警员去到机房唯一的门口,发现一只矮柜正好顶在门口,门的把手刚好压着柜顶,难怪门无法推开。

两个警员合力准备移开矮柜……

巫真和陈永仁没有继续看视频,他们索性直接走过去,准备进入案发现场。

两人抵达时,门刚好打开。在门口位置还看不见尸体,也闻不到血腥的气息,更没有叫人看不透的黑暗,但诡异的气氛和惨白的灯光,让在门口聚集的科学家没有几个敢踏进去。

巫真和陈永仁则是不得不踏进这密室里。

张学然不知什么时候已出现,而且默默跟在后面,像影子般紧紧贴着,却被守门的警察拦着。陈永仁回头看见后,示意放人。

林菁菁和陈子慧也一直站在门口。陈子慧没有进去的理由,林菁菁则在一旁陪着她,关照她。

陈永仁和巫真等人经过一连好几只高柜,再拐到右边后,才看到半卧着倒在地上的尸体——身子半靠在一排矮柜的旁边。

拜冷气之助,尸体还保存得不错,但已出现轻微腐烂的情况。死亡时间少说已超过八个小时,但要推断准确的时间,则还要再考虑尸体硬度、尸斑、体内消化物等的状况——这些都可以让"死神"代劳。

陈永仁以前开玩笑时说过,这种低层次的工作可以让警方处理,名侦探要思考的是复杂的诡计。细想之下,也有其道理。

尸体的血迹来自脑后,延伸至脚跟外另一组大柜的门口,像一张铺在尸体底下的地毯图案。

另外,血迹还可追溯到三英尺①高的矮柜的尖角。这矮柜和顶着门口的那只看来一模一样。

柜子明显移动过,柜底有滑轮。

巫真回头时,才发现原来张学然一直站在他们后面,但他一直默不作声,口像被封缄了一般,同时他的脸色也白得像鬼一样,还用右手掩着嘴。

"这是陈道好小姐吧?"巫真知道即使概率高达百分之九十九,仍然要循例一问。

张学然微微点头。

巫真又指向尸体旁边沾了血迹的柜子,问道:"这柜本来是在哪里的?"

张学然仍用手掩着嘴,声音有点异样的陌生感,"我很少进来,不敢肯定,不过相信不在这里。"

"似乎是死者的头撞到尖角引起出血致死。"陈永仁冷静下了判断后,随即又抛出另一说法,"或者凶手希望我们相信是这么回事。"

"那把武士刀又是怎么一回事?"巫真指向离尸体一米以外的一把约两英尺长的武士刀。他的视线再瞄准尸体时,只见死者右手半松,握不成拳,刀尖沾了点血。

有个警探道:"看来她用武士刀和人打过,最后头部撞到这柜

①英美制长度单位,一英尺合0.3048米。

的尖角而死。"

陈永仁白了他一眼,说:"这是只要看过连续剧的三岁小孩子都能得出的结论。"

那警探尴尬一笑,不再多话。

陈永仁又说:"你看不出问题吗? 现场除了这把刀、这摊血以外,完全没有其他打斗过的痕迹。这种谋杀完全可以伪造出来。"

一众警察点头称是,连巫真也不禁说:"同意,一点也没错。"但他不是赞陈永仁挑出毛病的本领,而是欣赏他这种实事求是要找出真相,而不是随便找到个答案就交差了事的精神和态度。

陈永仁没有飘飘然,反而眼睛到处打量,"这里也许不是凶案现场,尸体是从别处搬过来的。这位小姐身材不高,搬过来不难,但问题是:凶手怎样离开?"

有个警员随意道:"这完全是密室啊!"

"果然有名侦探巫真,就一定会发生密室谋杀案。"陈永仁又抛出他的名言,"密室男这次又可以大显身手了,我们警方将会提供协助。"

巫真没理会陈永仁绵里藏针的恭维话,那家伙的真正意思是,我们想看看你的本领。但巫真自信不会被轻易击倒,便道:"这是很奇怪的密室。可以挑出很多问题来:如果没有打斗过,她带刀进来干什么? 如果打过,她又和什么人打? 对方又怎样离去? 她是自己倒下被尖角碰伤至死——这点还要你们查清楚——还是被人推下去的? 问题很多。不过,我先要问,张学然,你看这刀是不是她的?"

张学然没有接近尸体,巫真觉得他没有这种勇气,甚至,要他接近尸体拿过的武士刀也有点困难。

张学然答:"我不敢肯定。陈道好学过剑道,曾经在我们面前表演过,用过木剑,也用过金属剑,不过,看来都不像这么短。"

巫真道："这当然了。如果她用长剑才不合理吧！没有人会在这么狭窄的空间挥动长剑。对了,你们会查刀上的血是谁的吧?"最后一句是问陈永仁的。

陈永仁发出"哼"一声后道："这当然,我们还会去查剑柄上的指纹,不过,指纹可以事后才印上去,这种常识你不用我教吧!"

巫真没理他的讽刺,继续说："最大的问题还是:如果有另一个人曾经在这里,他怎样才能离开?"

陈永仁说："你不是常说这只是障眼法吗? 根本没有密室这回事,里面一定有秘道。"

巫真说："谢谢你记得我的名言,不过,我觉得窗口和大门这个样子,是绝对无法离开的。除非,还有一招,这家伙其实现在还躲在这里。他会等我们撤退后,才施施然离开现场。"

"嗯,对,我记得有部电影里也是这样玩儿的。"陈永仁命令手下马上对现场进行彻底搜查。

张学然突然用平静的语气说道："还有一个更大的问题你们没有发现。"

"什么?"众人的注视力同时被他吸引过去了。

"在她面前这个不是一般的高柜,而是我们要找的第三道门。"

众人的眼神同时投向那个九英尺高的柜子。这个和他们以前看到过的上面还印了标志的银白色柜子有点不同,全身一片漆黑。

巫真问："你说这个黑得像特大号的棺材的东西,就是那个什么第三道门?"

张学然说："对,所以后来拿去做试验的光栅都重涂了油彩,我们不想工作人员产生不必要的联想。"

陈永仁眉头皱起来,道："等等,我还不清楚什么第三道门的前因后果,只知道这位小姐也许和早前的意外有关,但不太清楚和面前这门有什么关系。"

于是张学然把第三道门的联想、用途和失踪等相关事宜精简却又不失重点地说了一遍。陈永仁很快就抓到重点，但现场的警察有一半以上似乎还不理解是怎么一回事，但没人敢发问。

"你叫什么名字?"巫真随便问了个警察。

"冯嘉。"那警察马上提起精神道。

"你现在觉得发生了什么事?"巫真追问。

冯嘉看了一眼陈永仁后，不敢答话。

"你就说说吧! 看看名侦探会给你什么意见。没有多少人有这种机会。"陈永仁说。

冯嘉清了清喉咙，"陈道好只是一个人进来，没有第三者，只是意外跌伤致死。"

巫真听了，和陈永仁交换了个眼神，没有作声。

冯嘉问:"对不对?"

"这个推论很有创意，我喜欢，像电影里那些神探想出来的桥段。"回答他的不是巫真，而是陈永仁。

冯嘉用左手摸摸后脑，说:"过奖。"

陈永仁用冷面笑匠的口吻道:"是烂电影的桥段。那陈道好在这里干什么? 练剑? 故布疑阵? 又或者体内有另一个人格，在玩左手和右手互相格斗的游戏?"

冯嘉答不上话来，倒是巫真道:"我有另一个想法，还未成熟，就是死者很有可能和第三者合谋，制造了第一起命案，来这里准备收起第三道门时，和那个第三者发生争执，结果打了起来。死者遇袭死亡，第三者则逃走了。"

陈永仁眯起眼思考了一阵后道:"神探这个结论就像样得多了，我们姑且不理第三者到底是谁，可是他怎样离开呢?"

"当然是用这第三道门。"巫真努起下巴指向那门。

"神探，你忘了光栅技术还没成熟，他怎样从第三道门离开?"

陈永仁问。

"我不知道,不过,这个是现场唯一出入口。"巫真道。

陈永仁问张学然:"天花板和地板呢?"

"天花板有通道,地板是活地板,但高度都不够一英尺,就算练了缩骨功的人也未必能通过。"张学然答。

冯嘉问:"小孩又怎样?"

张学然说:"这么小的小孩,大概只有两英尺高,连武士刀也拿不起来。"

冯嘉又道:"别小看小孩。"

陈永仁说:"你武侠小说看得太多了,以为世上会有天山童姥那种人吧!"

巫真说:"我暂时认定这是个完全封闭的密室,唯一的出入口可能就是这光栅,技术上可行吗?"

张学然没有多想,说:"这光栅没有真的传送过活人,但顺利传送过阿当,所以从理论上来说,也可以传送人类。"

陈永仁问:"阿当是什么东西?"

张学然答:"一个模拟活人的假人,身上全是模拟的人造组织,逼真度非常高。"

陈永仁问:"所以传送它其实跟活人没有两样。"

张学点点头。

陈永仁说:"不过,因为始终没传送过活人,要穿过这个光栅的人,必须对光栅技术很有信心才可以,他不可能找到别人去试,要试的话只能靠自己。但我又想到,在这个岛上工作的人,应该都对光栅有信心才对,所以要你们穿过这道门,心理上并不会抗拒。"

张学然答:"这一点我无法代表其他人回答你。有信心是一回事,但敢不敢这样穿过去,是另一回事。科学试验始终有事先无法预测的意外,要事后才看得清楚。我敢说你拿同样的问题去问其他领域的科学家,答案也大同小异。"

陈永仁觉得这一天的工作一直很顺利,毫无障碍,没想到会突然被张学然反驳得灰头土脸。

巫真乘机问:"不如换个角度看,这光栅最近几天有做过传送吗? 你们有没有办法可以确定?"

张学然答:"可以。"

巫真问:"另外,我还想问:这光栅可以很轻易地搬动吗?"

"可以啊! 当初为了方便测试和投产,从一开始就用组合方式来设计,而且也用了轻型材料。"张学然答。

"一个人就可以搬动吗?"巫真追问。

张学然站在光栅前仔细揣摩,道:"当然可以,不过不是一次性搬走,而是要拆成几十个零件再重新组合。"

巫真问:"所以这个死者即使是女流之辈,也可以凭一己之力把这光栅从仓库里搬过来?"

张学然点头。

巫真自言自语道:"所以这个凶案不管是自杀还是他杀,同样可成立,也同样让我们想不出理由来!"

陈子慧无法进入计算机机房,当确定陈道好的尸体躺在里面后,便不发一言返回自己的房间。现场并没有她的事,她最关心的人早已经死了。她人生的高潮大戏已经结束,接下来的是连终曲也说不上的杂音。

她没有兴趣深入理解到底发生了怎么一回事,她已经近距离见过陈志伟的尸体,而且是具不完整的尸体——对一个普通人来说,这已经毕生难忘。

林菁菁跟随在她后面,寸步不离。岛上莫名其妙出现了第二具尸体,接下来也许还会出现更多。她要阻止这些事发生。

陈子慧缓缓而行,远离看热闹的人群。她们一前一后离人声愈来愈远,直到林菁菁只能听到陈子慧疏落的脚步声。

没料到,陈子慧抱着的狗突然回头,朝着机房狂吠不已。

陈子慧也因此回头,望着林菁菁,却没有注视她,而是走回来,经过林菁菁身边,回到机房门口。

她的狗仍然狂吠,而且愈吠愈大声。

很多人朝她看来。她站在机房门口,想进去,但被守门的警察阻止。

"你们别骗我,我知道他在里面,我知道他在里面!"她突然变得歇斯底里。

这时巫真和陈永仁也走了出来,发现这狗的表现很不对劲,两人跟其他人一样,也紧盯着这狗。

有个警察打趣道:"这狗也许会有什么发现?"

"我要进去! 我要进去!"陈子慧不断地说。

"在里面只有陈道好,可是她已经死了。"巫真道。

"不,我进去不是要看陈道好,我要找志伟。"陈子慧说。

"陈志伟?"巫真、林菁菁和陈永仁异口同声道。

"对,志伟曾经来过这里,我感觉到了他的气息,我嗅到了他的味道。不止我,连狗狗也知道他在里面。"

巫真看着张学然和陈永仁,心里来来回回跑过无数个想法,不禁感到毛骨悚然:总不成陈道好是陈志伟的鬼魂回来寻仇做掉的吧! 这还真诡异到极点了。

林菁菁提议说:"不如把狗放进去,看看它会找到什么?"

陈永仁耻笑道:"你的助手发什么神经? 这不是警犬啊! 你想让这玩具狗去破坏现场吗?"

林菁菁还击说:"你这白痴,我可以用牵狗绳控制狗啊! 我也想知道这狗对什么东西感兴趣。"

巫真应和道:"对,有道理。"

陈永仁沉默半晌,紧盯着小狗,语带双关地说:"他妈的,这畜生根本不懂什么叫侦查!"

林菁菁的眼珠像要喷出火球。

陈永仁的眼神和巫真对上后,说:"因为你是名侦探,所以我才同意试一次。"

林菁菁跟陈子慧回去取牵狗绳,陈永仁马上指派两男一女的警察尾随。

"很小心谨慎啊! 如临大敌。"巫真笑道。

"如果真是大敌,我会派一百个人过去。"陈永仁环视现场,那些好奇的科学家不知什么时候已经散去。他们大概怕自己会成为下一个死者吧,又或者现在可能聚集于某处开会? 他不管这么多,总之,这岛现在由他接管,没他的命令,谁也无法自由出入。

张学然仍然留在现场,但面色苍白,毫无表情,和尸体没有两样。

巫真知道这岛上一切大小事务都和他攸关,别的科学家虽然都投放了时间和青春,但张学然却把整个人生和前途押在了光栅上面。巫真知道张学然有钱,但钱永远不够用,不知道张学然会不会向银行借钱来回购同事的公司股票。如果有的话,若光栅这项目又完蛋,张学然肯定身败名裂。

——为什么天才也会陷入这种困境?

巫真以前觉得像张学然这种天才会一帆风顺,人生没有什么障碍,什么都得来不难,但事实是另一回事。

想着想着,林菁菁和陈子慧等人已经回来了。

陈子慧的狗已经给牢牢套上绳子,由陈子慧紧紧牵着。

"让我来。"林菁菁从陈子慧手上取过绳子和狗。

"大助手,不如让我来吧!"陈永仁道。林菁菁把狗绳给他。交出去时,狗居然向陈永仁吠了一声,而且露出两排小小的尖牙,很有敌意。

陈永仁马上把手缩回来。

"狗也会看人!"林菁菁把狗抱回去,抚摸它的小脑袋,小狗马上变得驯良了。

"妈的,果然是畜生,不识好人心。"陈永仁骂道,"袭警罪很大,要给人道毁灭的。"

巫真暗自觉得好笑,林菁菁和陈永仁果然才是绝配。

"你说完了没有?我可以带它进去了吗?"林菁菁不客气地问。

"快点……滚进去。"陈永仁一脸厌恶。

巫真和林菁菁几乎并排前进,其他人包括陈子慧在后面跟着。

说也奇怪,小狗进了机房后,马上变得紧张起来,鼻翼不停抽动,仿佛在搜寻什么,和警犬一样。

林菁菁把狗放在地上,用绳控制,不让它接近尸体血迹之类的东西,只让它在可控制范围内自己搜索。

小狗到处嗅到处看,要靠近尸体时,因为被林菁菁制止,只好慢慢踱步,最后走近那第三道门前时停了下来,尾巴左右摇摆。

"这是什么意思?"陈永仁问。

"摇尾可能是高兴。"有人道。

"对着一道门有什么好高兴的?"陈永仁一脸好奇,走近第三道门看,"这个什么第三道门里面根本空空如也。"

"不,志伟死在里面。"陈子慧幽幽地说。

"不,这不是那个光栅,这个陈志伟从没进过,我们已经荒废很久了。"张学然解释。

"不,志伟进过去。咪咪喜欢他,有时还喜欢他多于喜欢我。咪咪知道他去过的地方。"陈子慧说,"咪咪最喜欢的就是志伟,即使志伟的个人用品它也一样喜欢。"

陈永仁觉得陈子慧已经忆夫成狂,打算叫部下把她连那只讨厌的狗带走时,不料她竟道:"你们休想骗我! 你们以为我不知道。如果他没进过,咪咪不会这样……我很后悔让他进入光栅。我多么希望他只是去到另一个平行世界了,这样他就可以回来。"

当巫真也觉得陈子慧已经开始失常时,她又继续道:"他只是被困在另一个平行世界里。你们别以为可以骗得了我。我自己也查过书。这个物质传送其实是毁灭性传送,就是说,他并不是给传送过去,而是在另一道光栅里被复制了,原本那个留在原地被强行毁灭了,或者被送到平行世界。死的那个只是复制品。现在回来的是在平行世界里那个。他回来过,又走了……"

陈子慧的声音愈来愈含糊,最后咿咿呀呀的,没有人听得清楚她到底在说些什么,最后更是突然崩溃,身体发软倒下。幸好林菁菁反应够快,把她抱住。

外号"死神"的法医就在一旁,虽然他主要是跟死人打交道,但要了解一个活人跟死亡的距离,一般来说无法难倒他。

死神探了她的脉搏、呼吸及眼球活动后道:"放心,她还没到时间去找她老公。"

不过,陈永仁还是马上安排直升机送她到市内的医院。

陈永仁觉得事情简直乱七八糟。

他放手让手下处理现场,自己则同张学然、巫真等人进了会议室里。

"张学然,现在你要从实招来,到底陈子慧说的有多少是真话? 你可以想清楚再说。我会找人来比对你的供词。"陈永仁贯彻不拐弯抹角的本色。

"你们怎么怀疑起我来了? 我是受害者啊!"张学然无奈地说。

巫真觉得张学然太天真了,对所有调查人员来说,就是受害人家属,也一样会成为嫌疑犯。

怀疑一切事情,包括看来最无法动摇的事实。

陈永仁不客气地说道:"你还没回答我的问题。你只要告诉我陈子慧的话有多少是真的就够了。"

张学然一概否认,"全部都是假的。"

"假的?"陈永仁陷入沉思——没人敢打断这头猛虎的思绪——过了好一阵才再开口,"经她一说以后,我马上想起来了,我看过些科学纪录片,好像还真有这回事。"

"什么纪录片?"巫真急问。

"就是关于传送的。"陈永仁清清喉咙,"嗯,我不是科学家,但我还懂得原理。她说的情况就像在网络里传送档案那样,你把档案给人,只是抄一份过去,本来属于你自己的会留下来。所有档案是一变为二。"

"你举的例子完全正确,但对我们来说并不通用。全世界光栅都不是用你的说法来运作,我们物质传送用的技术不一样。你可以问别人。不只问我的同僚,还可以问其他光栅团队,他们给你的答案也是一样的。"张学然用笃定的语气道。

陈永仁眯起眼睛注视着张学然,像要把目光穿过他的皮相透视他的真正想法一样。

最后,他一声不响离开了会议室,巫真猜他真的会去找个科学家来问,甚至咨询其他团队的意见。陈永仁浑身是胆也是刺,为了找出真相,绝对会不择手段。

张学然站了起来,走向饮水机。

"怎么连水也没有了?"张学然以半哭的语气道,"完了,我知道,我们已经被放弃了。这个项目已经完蛋了。"

巫真忙走过去,把手搭在这个老同学的肩上,想说什么,一时却又词穷。

"你有头绪吗？你想到什么了吗？"张学然回过身来问。巫真望着他的双眼，眼里不再是以前的天才发出的光芒，而是只有凡人才会有的痛苦。巫真在每一宗凶案里，都可以找到这种眼神。

"虽然这是个密室，但只是表面上的，除了光栅，一定还有其他出口，一定有。"巫真道，可是，他打心底知道其实一点头绪也没有，所以心虚。

"不，这是个百分之百的密室！"张学然抓住巫真的上臂，突然跪倒下来，"你一定要想办法帮我，我求求你。"

巫真急忙扶他起来，"现在这已经不只是你的事，也是我的事，我一定会想办法。"

张学然的脸上已满是泪痕。

坐在一旁看着这一切的警察始终保持沉默，不发一言。

陈永仁再回来时，已是一个多小时后，张学然已擦干脸上的泪痕。

"我们联络上你们要找的林子修，他在市里某家精品酒店休息，稍后会去警局，态度还算合作。"

陈永仁没再提光栅技术细节的事。巫真觉得他已经确认过张学然的话绝对正确，所以不愿意开口重提。

"刚才那尸体和林子修有关吗？"张学然问。

"他离开这里少说也有三天了，陈道好的尸体没放那么久。当然，确切的死亡时间要法医才能确定，而且出入都有记录，我们可以查。"

"你不能排除他自己乘小艇回来吧？"巫真问。这种手法在推理小说里也很常见。

"这样说来，谁都可以下手啊！"陈永仁答。

"没这么容易吧！要进我们的研究大楼，是要身份辨识的，外人很难进去。"张学然说。

"可是,另一座大楼的辨识记录不是已经被破坏了吗?"巫真顺便把那天的事说给陈永仁听。

"记录遭破坏,和攻克辨识系统是两回事。前者只要攻击档案就行了,后者则复杂得多,还要进入数据库里更改记录,里面涉及审计线索,不是那么容易的。"张学然解释道。

"什么叫审计线索?"巫真老实不客气地问。

陈永仁说:"就是指在数据库里修改资料时,除了直接的资料改动,另外还有个档案会把改动记录下来。只要对比,就知道有人擅自改动。我说得没错吧?"

"完全正确。"张学然说。

巫真可没想到陈永仁对技术性这么高的计算机问题也很在行,不由改变了对他的一些看法。陈永仁的确有点本领,难怪敢摆出叫人难以招架的气势。

"对方有备而来,绝不简单。不过,我发现研究大楼和宿舍之间是由空中回廊连起来的。这样说来,内鬼做的机会比较大吧!"陈永仁难得小心用词。

"林子修可以有共犯啊! 这是最简单的做法。不过——"张学然道。

"对,就是怎样离开那密室。我们又回到了起点。"巫真说。

"这个不可能是密室。你的名言:这里面一定有我们看不到的漏洞。"张学然用大拇指按太阳穴。

"如果撤除那道光栅,我觉得这次可能真的是密室!"这话巫真说不出口,只好苦笑。

陈永仁站起来,道:"拜托你们去查这光栅的档案,看它有没有做过传送。我现在先要去开会。"

"你怎能说走就走?"巫真叫着他。

"我很忙,现在要赶去对付更穷凶极恶的敌人。"陈永仁答道。

　　"本市有这么可怕的人吗?"巫真左思右想,也想不出这样的一号人物。

　　"有。"陈永仁答得简洁,"我孩子的班主任。"

15. 董事局

张学然回到自己房间里休息了一阵后,再次出发前往会议室。这种一个会议接一个会议的生活,他本来早已习惯,但现在却又开始不适应了。

抵达会议室时,比预计时间早了五分钟,不过十分钟后,会议室里仍然只有他一个人。

高解析度的视频画面极具现场感,却只有背景,和一张张空椅子。张学然知道,他们是在故意惩罚他。

又过了十分钟后,其他人才逐一就座,没有人好好正视他或者打招呼,和以前对他毕恭毕敬的态度有天壤之别。

特别是职衔最高的三个,脸上的笑意也消失无踪,变成一张张陌生的脸,不再是早前亲切的"福禄寿"。

主席阿福一脸严肃道:"我们刚开了内部会,一致决定,不想再浪费时间等调查委员会了。"

"我已找了那个名侦探巫真来查,他已经有点头绪了,应该很快就可以破案。请你们再给我几天时间。"张学然低声下气道。

"福禄寿"三人又商量了一阵后,阿寿说:"这我们都知道,他来了多久?"

"应该有三四天吧。"到底有多少天,连张学然也说不上来,他这几天日夜颠倒,完全失去了时间观念。感觉上,巫真好像已经来了很久很久。

三人又再商量,最后阿寿发话:"就当四天好了,我们再给他三天时间,总共就是一星期,要是三天后他还无法破案,我们也不想拖下去了。"

"什么意思?"张学然当然知道是什么意思,但他怕自己听错。

"就是我们不再玩下去,这个光栅研究团队马上解散,长痛不如短痛。"

"怎么可以这样?! 我付出了很多青春和心血在这项研究里!"张学然马上抗议。

阿寿要回答时,被主席阿福按着抢答:"我们也投资了很多钱在里面啊! 现在差不多血本无归,当初我们相信你真的是天才科学家,才敢于冒险投资这个项目,你想想看,当初有好几个光栅团队,为什么我们看中你? 就是相信你啊!"

"对,可是你叫我们太失望了。"阿禄接口道,其他人相继摇头。

真是翻脸无情。张学然想说什么,却说不出口,有口难言。

"就这样好了。"阿福最后抛出这么一句话,众人开始动身离席。

张学然急忙说道:"你听我说,请再相信我一次,这次一定会成功。不信的话,我用自己的性命来担保,我自愿做试验品。"

阿福第一个停下脚步,注视着旁边的两个副主席,那一双双眼睛像在用只有他们三人才知道的密码交流。

其他人都在看阿福的眉头眼额,好决定下一步的行动。

阿福回到座位后,众人面面相觑,也回身就座,开始交头接耳窃窃私语。

画面变成黑色,右上角亮了个红色的小耳朵,表示对方暂停了音视频传送的功能。他们有太多话太多阴谋不能公开。

张学然只好凭空去猜度他们在讨论什么。这是一场沉默的攻防战。

画面在十分钟后才重新亮起，红耳朵也同时消失了。

阿福再次注视张学然时，像看透了他的里里外外。

"你可以用自己的性命再赌一次，那是你的自由。不过，据我们所知，团队里已经有一半人跑了，对吗？"

张学然不想点头，只好沉默以对。而沉默，往往就是"不想同意，但不得不同意"的同义词。

"就算你成功了又怎样？你的团队已溃不成军，怎样应付下一阶段的研究？"

"我可以找他们回来。"张学然答。

阿福道："别太天真了，或者，别装天真了。现在岛上死了两个人，一个是因为试验失败，另一个死得不明不白。你这个团队已经臭名远播到火星那么远，大家都敬而远之。"

坐在他旁边的阿寿道："等你的研究可以再启动的时候，恐怕人家的光栅已经去到银河系深处了。"

阿福又说："我们不打算再浪费钱，你也别再浪费时间，趁年轻，快点找别的研究做吧！"

阿禄装作语重心长的口吻道："对，你还年轻，要重新来过不难。"

阿寿接着又说："你的情况比我们还要好些。我们的投资已经化为乌有，真是损失惨重。"

张学然觉得自己正亲身经历的一切恍如梦境，太不真实了。

"你们怎么可以这样？做科研看的是长线，怎可能因一时的失败而退缩？"

阿福没回答他的问题，只说："如果名侦探在三天内可以破案，这研究就还有机会可以继续下去，我们会考虑再试一试。"

阿寿道："我们指的破案是，找出两具死尸背后的真正原因和凶手。"张学然留意到阿寿用的不是"死者"，而是"死尸"，仿佛人死了，就连被称为人的资格也失去了。

阿禄又道："别说我们无情，我们已经给了你很多时间和机会。"

张学然觉得"福禄寿"的面目可憎和翻脸无情，实在是平生罕见。

阿福道："三天就是七十二小时，那是四千多分钟啊！你要好好把握！我们给你一次机会，希望你能还我们一个奇迹。"

张学然觉得事情会搞到这个田地，自己责无旁贷，但只要巫真聪明一点，还是可以救到自己。

16. 两种血型

开完会后,张学然匆匆赶回计算机房第三道光栅那边。

经过警方法证专家的协助,现场已被清理,证据也收集完毕。最重要的是,尸体已移走。

巫真和林菁菁已恭候多时,陈永仁也一样,他忙了孩子学校的事后,马上又赶回岛来,并没有借机溜走。这个看似不好相处的警探其实做事非常认真,而且很有责任感。和他作对的人,肯定会吃足苦头,看林菁菁跟他在一起时的剑拔弩张就知道了。

光栅旁边有一部终端机,张学然拉过椅子坐下来,开始调查。

光栅系统的程序及查询语言太过专业,连警方也没有相关的专家。

这个工作,只有光栅团队里的人才能胜任,不过,在过去二十四个小时里,又有很多人被挖走了。他们急于离开这岛,无奈陈永仁下令任何人都暂时不能离开,惹得大家很不满。

张学然趁计算机在处理资料,问:“陈子慧怎样了?”

林菁菁望了巫真一眼后答道:“她已经稳定下来,暂时在医院休养。”

陈永仁又补充道:“我特别抽调了三更警察,二十四小时轮值保护她。"

"这就好了。"张学然不再多话,又过了一阵,计算机才把搜查结果丢到画面上。

陈永仁等人看着上面一行行密密麻麻看似没有意义的数字,一点概念也没有。

张学然解释道:"第三道光栅确实曾经开动过。"

即使这答案不是太意外,巫真还是说:"居然还真是从这里逃跑了。"

"不过,我不能肯定传送是否成功。在我这边看不出来。"张学然道。

陈永仁好不耐烦,提出来的问题已经浓缩得不能再浓缩了:

"时间?"

"大前天半夜。"张学然答。

"和法医说的死亡时间吻合。"陈永仁点头。

"其他两道光栅在这段时间里有没有做过传送?"林菁菁问。

张学然输入指令,又过了一阵,等结果出来后才道:"同一时间里,那两道光栅完全没有动静。这就怪了,到底这个第三道光栅会把人传到什么地方去?"

"难道还有第四道?"巫真问。

"不错,是有第四道和第五道,但也是很原始的版本,只能传送很小的东西,就像——"张学然拿起桌上的水杯。

"第三道光栅有记录档吗?我是说以前的记录。"巫真问。

"有的,等等。"张学然道,"不过结果很奇怪,出现的时间和另一个记录在时间上完全无法匹配,和早前传送陈志伟那次一样非常混乱。天,发生了什么事?连我也理不出一个头绪来。我只能说,这一道光栅在陈志伟出意外那天,并没有启动。"

"所以陈志伟并没有给传到这里来。"巫真有点失望,"我还以为他是被传到这里来砍下了头,再送回过去的。"

"显然不是,你的想象力太强大了。"陈永仁问,"这算是有新发现吗?"

"不算。"巫真答,"我们可以查所有人在大前天半夜那段时间的活动吗?"

张学然答:"那段时间大家都在睡觉,谁会有不在场证明?"

"那段时间你去了哪里?"陈永仁问。

"你问我?"张学然有点不知所措。

"对,这问题我会问所有人。"陈永仁道。

"那天我做什么连我也忘了,我大概在床上看书吧! 我好几天没好好睡了,但还是无法入睡,只好看书。我一紧张就会看书。"张学然说。

"书名?"陈永仁追问。

"《五号屠场》。最近我一直拿在手上,你们两个也看到过。"

巫真和林菁菁点头。

"看到哪里了?"陈永仁一再追问。

"我忘了,那作者在故事里安排主角随随便便就跳到过去未来,叫人头昏脑涨。"张学然不满道,"怎么? 现在你怀疑我吗?"

陈永仁没有转弯抹角,直接答:"除了名侦探跟助手肯定无关外,我怀疑所有人。"

张学然提醒他道:"别忘了,这次出意外项目被停,陈子慧也许可以拿到保险金,我的组员被挖角,我这主持人却一点好处也没有。"

"别吵了别吵了,"林菁菁道,"不如回我们的战斗室,在这里我老是不舒服。"

"好,换个环境也许能想得更清楚。"巫真说。

"破案讲的是证据和推论,不是靠灵感。我可不会坐在办公室里等凶手自动投案。"陈永仁很是不屑。

"你怎么不叫计算机自己去查案？这样你可以早点退休回去看孩子。"林菁菁一盆冷水泼了过去。

陈永仁听了，脸色难看极了。那双眼睛已经不只是像要喷火了，不过他很快就恢复了平和，"我还没有退休的打算，不过，真不巧，我孩子的老师今天又要见家长，而且说这次不去不行。这魔女般的老师非常强悍，甚至比我还要强悍。她说，就算我追捕的是连环杀手，也要回学校一趟。"

"恭喜你终于找到比连环杀手还要可怕得多的怪物，祝你们相见甚欢，玩得愉快。"林菁菁道。

陈永仁还以白眼后，一声不响地离开，没再回来。

"这家伙就是这样，想不到什么的时候，就会尿遁。"林菁菁说。

巫真庆幸陈永仁是警察而不是黑道分子，否则，一定会拔枪把林菁菁射成蜂巢。当然，林菁菁也不会坐着让子弹飞，一定会想办法还击。

巫真、林菁菁和张学然移师到战斗室后，无言以对了好一阵。张学然眼里已失去光芒，只剩下焦急不安的眼神。巫真觉得他已经完全失去天才的光环了。

"从没遇到这么棘手的案子。也许，对方利用光栅设了一个我们从来没想到过的诡计。"林菁菁终于说了一句话打破闷局。

"是什么？"巫真和张学然同时问道。

"在我回答前，我要先问的是，陈道好为什么会在现场？"林菁菁问。

"很简单，她是主犯，或者是共犯。"巫真说。

"那她为什么会持刀？"林菁菁问张学然。

"她会剑道。"张学然说。

　　林菁菁意味深长地点点头,"还有呢? 多告诉我们一点她的事。"

　　"她喜欢剑道,玩国际象棋和打桥牌比很多男人都要好,抽烟比男人还要凶。"张学然回忆道。

　　"她平日打扮怎样?"林菁菁问。

　　"她的打扮一向也不女性化。第一次见面,会以为她是男的,不过,其实她眉清目秀,要是女性打扮,肯定不乏追求者。"张学然说。

　　"这我有点质疑。"巫真说,却遭到林菁菁一个白眼。

　　"她是同性恋吗?"林菁菁问。

　　"我们没问。我们做科研的,不一定思想开放,但普遍都能接受不同的性取向,所以也无所谓了。毕竟,只要念计算机的,都知道图灵是因为同性恋而被迫害。我们绝不会让这种悲剧在二十一世纪重演。"张学然解释。

　　"那她的性格怎样?"巫真问。

　　"性子太直,很容易和别人起冲突,不过,这应该和性取向无关。"张学然说,"我们一直想让她知道,不同性向的人在这里工作,我们都会一视同仁。"

　　"确实无关,不过,这种人有很大概率会成为对社会不满的高智商罪犯。"巫真说。

　　"你错了,不止是她,我们这里每一个人要是犯罪的话,都会成为高智商罪犯。"张学然道。

　　这时电话刚好响起来,是陈永仁。

　　巫真把画面放大后,移到墙上。

　　画面切割成左右两边,也就是有两个人,张学然只认得其中一个是陈永仁,另一个是生面孔,但从呆板的面容和衣着看,像是法医之类的人物。

"你们全在一起，真好，我不用把话说两遍。"陈永仁的身影在摇晃。

"你好像很急的样子，大概有什么发现要告诉我们吧！"巫真说。

"没错，我还在船上，不过，刚才有很惊人的发现。我们仔细调查过计算机房里的血迹，发现属于两种不同的血型，换句话说，属于两个人。O型的是陈道好的，另一个B型的则还不知道是谁的。"

"可能是凶手留下来的。我可以查岛上这里有多少B型血。"张学然说。

"我们早就查过了，只有三个。"陈永仁马上接口。

"可以进一步根据血样里的基因知道到底是谁吗？"巫真问。

"不行，这些血的样本太差，无法做那么仔细的基因判断。我们只能逐一调查。不好意思，这次我们警方名正言顺抢了你这个名侦探的工作来做。"陈永仁答。

"不打紧，我也想看看你有什么本领。"巫真不以为然，"改天我会礼尚往来。"

"这三人里，其中一个可能会是凶手。"陈永仁接下来报出三个名字。

张学然每听到一个名字，都皱起眉头，细声道："不可能。"

巫真安慰他说："放心，这个完全没有指标作用。"

张学然不解，问："为什么？"

巫真解释说："凶手可以故意把B型血留在现场伪造证据呀！"

陈永仁答："一点没错。"

张学然更迷糊了，他望着陈永仁道："那你为什么还要我们配合你去查？"

陈永仁没回答，只发出"唉"的一声，巫真只好代答："按照警方的办案程序，每一个嫌疑犯都不能放过，所以，我们一定要好好调查这三个人。"

"完全正确。"陈永仁以一贯的冷漠口吻说完后就挂线了。

巫真深信这三个人都不是真正穿越第三道光栅的人,真凶另有其人。

但他们目前连他的影子都还没有找到。

17. 股　份

　　张学然在傍晚时分回到自己房间里,虽然想要强逼自己冷静下来,但心里其实更加不安。

　　他心急如焚,破案早就分秒必争,但名侦探仍然深陷迷雾,完全没有找到出口。怎么巫真这名侦探好像有点名不副实?不,他一定可以找出真相。

　　光栅系统这船好像快要沉没了,每个人都急于跳船。如果巫真找不到凶手的话,张学然过去的一切努力都会前功尽弃。

　　手机上又有新的留言。

　　他知道很多人在找自己,为了避免受扰,所以一直等到有空时才回。

　　"听说你会买回我们的股份……"

　　张学然很怕自己会和光栅系统这条船一同被汪洋大海的巨浪和旋涡卷到海底的最深最黑暗之处。可是,如今他已势成骑虎,再也无法回头,只能狠狠再赌最后一次了。

　　他深呼吸了一口气后,马上回电话,怕自己再过一阵会反悔。他不想再忐忑不安。

　　对方很快接听,"我们又有好几个人打算离开,你有没有兴趣买我们的股份?"

即使张学然早预料到对方有此一着,仍然倒抽一口气,"你们有多少人?"

对方逐一报出名字,"总共七个。"

张学然用计算器算了一下,道:"我现在已经没剩下那么多钱了。"

"什么意思?"

"我的钱已经七七八八花掉了,现在已经没能力按之前提出来的价码付款了。"

"你……等等……"对方给张学然听了一阵音乐后,又继续道,"你现在可以用什么价钱买?"

"以你们目前持有的股票总量,我顶多能用你提出价钱的十分之一来买。"

对方不同意,和盟友商量了一阵后,道:"这个……钱太少了,就算是八分之一,我们也根本拿不到多少钱。"

"是没多少,但总比变成废纸好。我们相识多年,我可以开诚布公地讲,这笔钱其实只是我的一点意思,我不是生意人,和你们一样也是做科研的,根本没那么多钱……其实我们一直合作无间,我希望你们继续留下来,真相很快就会水落——"

对方没等他说完,接口道:"这个研究项目已经停工,没有前途跟钱途可言。人家的团队大概几个月或者最多一年半载后就会追上来,我再留下来有什么好处?"

留下来有什么好处? 张学然一下子也想不到答案。

对方显然已失去耐性,不说再见就自行挂线,又一次不欢而散。

张学然已渐渐习惯了。

他进厕所出来后,电话又响了。

是刚才那家伙，离他挂线大概过了十五分钟。

"还是我。"轻快的声线跟刚才沉重型的很不一样，张学然马上提起精神来，这中间一定有什么变化。

对方又道："既然你拿不出那么多钱来，那你只买下我的股份就可以了。"

"只买你的？"

"当然，我已经跟他们说和你谈不拢，反正你不说我不说，没有第三者知道。你出五分之一的价钱，就可以把我的全买走。"

原来这家伙留此一着，真是个卑鄙小人！

"这不太好吧！"张学然按着计算器，算算到底要花多少钱。

"我说啊张学然，你做事别像物理学定律那样一板一眼一成不变，这样做人处世都会吃亏的。"

"抱歉，我不做秘密交易，一视同仁，对大家都公平。"张学然也不是省油的灯——既然你有意卖股票，我也有杀价的理由。

"如果我只要六分之一的价钱，怎样？我已经准备好律师，随时可以把股票转让给你。"对方讨价还价道。

张学然再次按着计算器，他心目中已有个合理的出价。

18. 女人的房间

第二天早上,陈永仁来到岛上时,马上提议再去陈道好的房间做深入调查。

"你们警方不是去过了吗?"巫真问。

"那些庸才一无所获。"陈永仁趾高气扬道,"神探,你们还没去过吗?"

"你的手下不让我们进去,而且在门口贴了封条,这算什么?你一说我火就来了。"巫真说时还有点气。

"真不好意思。"陈永仁大打官腔说,"你知道,我们要好好保护重要环境线索不受破坏。"

巫真懒得和他辩。

这次去陈道好房间调查的是四人班底:张学然、陈永仁、巫真和林菁菁。

巫真进了房间后,发现里面的陈设无法看出屋主是男人还是女人。这个小空间里的藏书堆叠成墙,中英日语的都有,数量虽然庞大,但都贴了分门别类的标签,走近一看,竟然采用的是图书馆的杜威十进制分类法。

张学然看来并不惊讶,大概做科研的人都是用同一套方法来处理藏书。

墙上没有娱乐明星的海报,有的是另类偶像,而且是用明信片的形式,以不规则的方式贴在床边的墙上,主角是牛顿(手上拿着苹果)、爱因斯坦(吐舌)、霍金(在无重力状态下悬空飘浮)等科学家。巫真只知道这三个人,其他十几个则完全不认得。

不过,他倒认得有一幅是达·芬奇的名作《维特鲁威人》,以素描方式表现一个男人的身体比例那幅画。

"真正的武士刀和武士服,"陈永仁指着一个贴了标识的大柜,"就放在这里面,估计是不想吓到来访的同事,现在应该已经被我的同事拿走了。"

巫真发现房里最有童心的地方,是柜上的模型,当然也不是女性喜欢的那种,而是"进取"号——科幻系列电影《星际迷航》里的战船。

"你们确定这真是陈道好小姐的房间吗?"巫真特别强调"小姐"两字。

"就是这种刻意去掉女性属性的房间,才是她的。"张学然解释,又指向计算机旁边一个电子相架,上面还在循环播放陈道好持武士刀的照片。

这里当然是她暂住的家,但说到女性气息,巫真摸摸后脑勺,实在找不到。

巫真慢慢走了一圈,有了新的发现,"这套迷你音响系统好像很贵的样子。"

"当然是好东西,听说花了她整整三个月的薪水。"

"三个月?"巫真估算着陈道好一个月的薪水到底有多少——以她这种科研专才来说,当然比一般上班族为高。

"不,搞错了,是一年才对。"张学然纠正。

"一年?!"巫真把这句话吞进肚里,然后像明信片上的爱因斯坦般吐着舌头。他见过很贵的器材,但拥有者都非富则贵,而且都是放置在私人影院里,很少有像陈道好这样把音响摆放在如此狭小的空间里。

张学然道:"外国人有名言:'你吃什么,就变成什么。'我看你要彻底了解陈道好的话,大概得先看完书架上的书。那些犯罪电影里不是有这种场景吗?"

"根本没有这种调查方法。"陈永仁骂道,"这些量子传送讲义什么的……他妈的什么鬼东西。我宁愿和尸体打交道,也不碰这些鬼书!"

张学然道:"你们应当看她的日记!"

"她写日记吗?"林菁菁问。

"不知道。有些科学家会在博客上写日记,但是陈道好没有博客。"

"你们不是很忙的吗?"林菁菁追问。

"没错,也正因为平日写的都是学术论文或者研究报告,把自己变得太理性,所以才需要写日记,用感性的文字来平衡自己。"

巫真觉得"感性"这两个字出自张学然的话,已很不可思议,更别说和陈道好扯上关系。

林菁菁在房里仔细打量后,道:"奇怪这房里竟然没有什么手写的东西,大概都给锁在计算机里了吧!"

陈永仁说:"那就打开来看!我们也是为此而来的,她要反对也没有机会了。"

张学然问:"这会侵犯个人隐私吧,你们要不要搜查令?"

巫真说:"如果等到申请成功,恐怕最快也要二十四个小时。对不对?警察大人。"

陈永仁白了巫真一眼,没好气地点点头。

"到时你也等不及了吧?"巫真又问。

张学然再点头。

"这里只有我们四个人。你是故意没带人过来的吧?"巫真说。

"明知故问。你欠我一个人情。"陈永仁催促道,"快动手吧!"

张学然以笑容致谢后,走向三块屏幕并排的计算机群,把沉睡中的计算机一一从休眠状态唤醒,打开登录界面,随即拿出手机,拨通后说:"……我们要进入她的计算机里看,请你过来……好,谢谢。"

巫真等张学然挂线后说:"我还以为你会有什么万能密码。"

张学然收起手机,"我只是团队主管,并不是系统主管。系统的事,还是要由专人负责。"

"那么这计算机现在其实算是处于密室状态,对吗?"巫真用自己的术语问。

"什么叫密室状态?"张学然不解。

"就是说,自陈道好最后一次使用后,这些计算机由于没法登入,里面的资料也无人能动。"巫真说。

"应该就是这样呀!"张学然认为理所当然,"有什么的用意吗?"

"我们可以仔细研究她最后改动过的资料,等下你就知道有什么用处了。"巫真解释道。

他说完后,房里的四人竟然变得无话可说。一向多话的陈永仁眉头深锁,张学然沉默不语,巫真挖空心思也想不出来可以说什么,林菁菁站在大门旁,像是在冷眼旁观。

在等待时,不知怎的这几个人都有点脑闭塞。

幸好这个沉默的时间为时不过数分钟,很快门铃响起来了,离门口最近的林菁菁去开门。

系统主管是个光头男人,大概三十岁出头,一边耳朵戴了三个耳环,之前巫真在岛上出入时没留意过这人的存在,毕竟他并不是光栅团队的一分子。巫真连他的名字也不知晓。

光头男走到计算机前,也没坐下,只是俯下身,在众人的目光下,默默输入账号和密码。

——输入错误!

巫真马上警惕起来,仔细打量这人。

光头男尴尬地再次输入。

输入成功后,又重新设定了一套新的密码。巫真对计算机再外行,也知道这是某种标准的密码改动程序。

好一阵工夫后,光头男终于站直身子——巫真不明白光头男为什么不好好拉张椅子来坐。

"你刚才好像不是用主管账号登入。"陈永仁问,显然明察秋毫。

"对,主管账号太强了,可以做太多设定,所以我还是用了陈道好的账号,先改了她的密码,再重新登入,反正她也——"光头男吐吐舌头。

"用哪个账户都可以,没关系,反正我们只是想看看她留下了什么。"张学然打开文书处理软件,找出她常开的文件档清单,说,"菜单显示了五个她最近开启的档案,从文档名看来,全部都是和研究相关的文章,而且全部都储存在网络上,看来没什么特别。"

"她不止修改这五篇吧!其他的呢?"陈永仁问。

"我们可以查看她自己的文件档,存在这台计算机上的。"张学然说着,在计算机不同文件夹之间游走了一阵,众人的视线也随即仔细打量文件夹的名称,不过,好像没有什么看头——百来个英文名称都深奥难明,大概都是根据内部命名习惯定下来的简称,只有团队里的人才知道个中道理。

一路下来,没有什么特别之处。

直到众人的目光,同时锁定在那个叫"日记"的文件夹上。

张学然打开文件夹,里面密密麻麻有十来个档案,以日期为文档名。

"从日期看,最后一次更新已经是整整一年前的事了。"巫真指出大家一时不察之处。

"大概近来比较忙,没时间再写吧!"张学然说。

"为什么不直接用日记专用程序? 这样做检索也比较容易。"陈永仁问道。

"可能是习惯使然,也可能她特别喜欢这个文书处理软件。"张学然说。

"有没有可能是她把一些文件档变成了隐形,所以才用一篇篇文件档的形式来骗我们?"林菁菁说。

"这是什么意思?"巫真问。

"就是把一个文件夹里的个别文件档隐形,但是你看时会不以为意。反而用日记程序的话,你会特意想办法破解。"林菁菁说。

"奇怪,你这小助手怎会这么聪明?"陈永仁不禁道。

"国外有人这样做过。八卦杂志看得多就知道。"林菁菁答。

光头男即使刚来报到,但已知道两人在唇枪舌剑,好不容易才终于可以插话:"我可以拿些黑客工具来扫描一下。"

张学然让出位置,好让光头男出手。这次光头男终于坐下来——大概终于知道一时半刻内无法抽身而退——好让手指在键盘和鼠标之间来回飞舞。

众人并不知道他到底在做些什么,看来像是把黑客程序下载到这计算机里,然后启动扫描程序。

画面上很快多了只可爱的小狗——混种狗,它努力地在地面上挖掘,不断把泥土翻出来,在身后堆成一个小山,可是这小山没有变大也没有变高,而狗也没有像被累着。

小狗最后停下来,吠了一声。

光头男下结论道:"这台计算机里没有隐形文档。"

"我始终觉得她没再写日记这点很奇怪,有没有可能是遭人删掉了?"林菁菁道。

"我可以去主机上找备份。"光头男道。

"你们有备份?"巫真问。

"我们怕很多科研人员不小心洗掉档案,所以系统会在休眠模式时把文件档备份到服务器上,而且还会保存好几个版本。"光头男说。

"这样一来,就随时可以把早前的版本调出来?"巫真问。

"对,这个备份系统的功能其实非常强大。不过,要是有些人员不是很熟悉这种找回旧版本的做法,我们也可以在后台把档案从主机传到个人计算机上。"光头男补充道。

"所以,你也能比较计算机和主机的档案群有没有不同?"

"当然可以。"

光头男很快就叫小狗消失,取而代之的是两只猴子,一左一右,手上各自拿了很多纸牌,同时抽出一张又一张来,抽了很久也抽不完。

"怎么连网络管理工具也变得这么好玩儿?"林菁菁道。

"计算机工作太沉闷了,不放松一下怎么行?!"光头男不知又做了什么机关,两只猴子竟然变成两个裸女,手上的纸牌变成内衣裤,一条条的飞来飞去,非常妖艳。

陈永仁吹起了口哨来。

"怎么会变成这个的?"光头男很快脸红起来,手忙脚乱了一阵后,两个裸女终于变回两条鱼儿,内衣裤变回纸牌再变成一串串水泡冉冉上升。

"不好意思,刚才出了一点——"光头男很不好意思地说。

"技术故障。我们明白。"林菁菁笑得很奸诈。

"调查工作是很沉闷的,不放松一下怎么行?!"陈永仁学光头男的口吻道。

众人各自发出含意不同的笑声后,又陷入漫长的沉默。

一串串水泡从鱼儿口中吐出,升到画面上方,两条鱼成为房间里最活跃的生物。

过了不知多久,鱼儿不再吐泡,光头男再下判断:"没有差别。两边的档案完全一致。"

"好像又走进死胡同了。"张学然黯然道。

"不,我觉得陈道好这种人写日记,绝不会半途而废,突然不再写下去。我们应该仔细察看里面的档案,一个接一个。"林菁菁说。

"我同意。"巫真用力点头。

"根本是浪费时间。"陈永仁道,"我知道你经常同意你助手的说法。她人很漂亮,可是经常凭感觉行事。"

"我也同意林菁菁的说法,陈道好做事一直都锲而不舍,从不轻易放弃。"张学然加入战团。

"三比一。"巫真下判词。

"你呢?"林菁菁问光头男。

"我……"光头男没想到会有此一问。

"你没投票权。"巫真说得干净利落。

陈永仁耸耸肩,摆出一副"你想怎样就怎样"的姿态,非常难得。

巫真觉得陈永仁如果没有下属在场,会变得比较容易亲近。

"先把文书处理软件上常开的五个档案给我全部打开。"陈永仁说。

"这种事和网管无关,你们可以自己来。"光头男嘀咕道。

"我是警察,你敢不听我的话?"陈永仁不客气道。

"好好好,没关系,我乐于和警方合作。"光头男举手投降后,开始按指示操作。

巫真心里直偷笑:今天整个计算机搜查完全没向法庭申请许可,警方和侦探联手进行了一项非法入侵。

画面上的档案一个个给打开。张学然示意光头男让开,自己取而代之坐在计算机前细阅文件。

头五个打开后都没有收获,张学然把这些文件关掉后,又陆续开了其他好几十个来看,没多久,他突然爆出一句:"我看我们挖到宝了!"

众人低头细看,其中一个名字改得非常严肃的文件,其实是陈道好的日记,记录了她过去一年的心路历程,辅以密密麻麻的照片和笔记。

陈永仁没有说话,只是取出手巾来抹汗。

"你怎知道日记在这里?"巫真问。

"我不知道,只是抱着姑且一试的心态去找。"张学然道,"现在的情况看来很简单。陈道好很聪明,知道她这台计算机会和主机进行档案同步,即使这台计算机被锁上,但在主机上一样可以被偷看,所以给这些日记另外改了个文件名字,以掩饰文件的真正用途。"

巫真补充道:"这文件不常修改,所以不容易找到。这样一来,就算有人要找她的日记,也会忽略这些档案,以为只是旧资料。"

"恭喜你们找到,"陈永仁语带讽刺,"但我觉得你们只是走狗屎运而已!"

林菁菁说:"不,我们的做法是有针对性的。她采用的完全是间谍手法。比起说明是日记再加上密码保护,这种修改文档名的手法也许还来得更有效更容易掩人耳目。难道警官你竟然不知道?"

"我当然知道。"陈永仁铁青着脸说。

"别吵了,我们不如看看她的日记到底写了些什么吧!"张学然道。

日记1

又和X见面了。

X很会穿衣服,就像从时装杂志里走出来的模特儿,举手投足都很优雅,像是要对我施展美男计——他们肯定不知道我单身的理由。

X很婉转地追问我什么时候可以完成任务,我只好一再敷衍他:"光栅系统的技术已经成熟,很快就会进入活人试验阶段,到时出手,才能发出致命一击。"

X微微点头,他不是空有脸蛋没有脑袋,简短利落又准确击中要点的说话方式,显示出他是个聪明人。他自然明白我说的是什么,不过,还是催促我说:"你愈早完成,愈早能拿到钱。"

和上次一样,咖啡他只喝了一口,放下一张最大额的纸币后就离开了。

"X是谁? 没背景介绍也没前文提要,怎么没头没脑的?"光头男插嘴问。

巫真很想告诉他这不是看小说,就是小说也不会一开始就来人物介绍——那是设定,不是故事。

没有人向光头男解释,大家跳去看另一篇。

日记2

X把桌上的硬皮精装书推给我,说是见面礼。

我心想,在这个电子书的时代,一本精装书又值得了多少钱? 这本又不是附上马克思亲笔签名的首版《资本论》那种古书,只有那种稀有珍品在拍卖会上才能卖到好价钱。

X大概见我的样子有点不屑,便叫我把书打开来看,"不过,别太用力,手轻一点。"

这书虽然厚,但拿到手上时却轻得难以置信,不像我看的参考书般重得可以拿来当哑铃强化手臂肌肉。

我掀开封面时,只看了一眼,很快把书合上。

"是老板的一点心意。"X说。

我很想说但没说:真是非常大手笔的见面礼。

书是空心的,或者准确来说,是个书壳型的盒子,里面放了三叠钞票。

每一叠都由一个书腰套着。

每一张都是面额最大的钞票。

我没数过有多少张,不过,出手应该很大方,否则谁会冒险为他办事。

关上这篇日记后,众人接连把陈道好剩下的数量不多的日记一口气看完,但关于X的篇幅,也就只有这两篇而已。

光头男不需提示,已自动利用搜寻功能在文件夹里用"X"做关键字,仔细找了一遍,以防漏网之鱼。

巫真暗暗为这自动自觉的家伙叫好。

"陈道好果然是受人所托去破坏光栅啊!"张学然说。

"就算陈子慧的话不尽不实,"巫真说,"林子修也不可能为了旧情人而破坏整个光栅系统,这个推论也太单薄了!果然,之前的调查方向搞错了,林子修根本是无辜的,陈道好才是破坏者。"

"媒体很有兴趣报道这件大事。"陈永仁摩拳擦掌道,"现在终于有机会打大老虎了,简直大快人心。"

巫真知道,警方侦查商业犯罪时,往往受制于各种压力,无法伸张正义,士气因此有时很低落。

"这个X到底是谁?"张学然问。

"重点不是X,而是X背后的老板。"陈永仁道。

"我知道,可是,你们连X都不知道,怎能查出他老板是谁?"张学然问。

"什么人要来破坏光栅系统?"陈永仁问。

"很多啊!"张学然解释,"只要我们光栅系统倒了,会有很多得益者,像其他光栅团队等。"

"所以,嫌疑犯就在里面找?"陈永仁说问。

张学然点头。

"科研界还真是黑暗啊!"光头男突然有感而发道。

"不,黑暗的,是人心。"巫真说。

张学然学侦探的语气道:"我觉得你们可以从这两篇的日期展开调查,看看她那天去了什么地方,见了什么人。"

"大科学家大概看了太多犯罪连续剧吧。"陈永仁说,"这种事情说来容易,其实很困难,特别是……三个月前发生的事,并没有这么容易追查。现代人的注意力很低,别说三个月前,就是三天前的事情也想不起来,而且,陈道好不是那种叫人一见难忘的美女啊!"

"她是女的吗？我还一直以为他是男的。"光头男又冒了这么一句。

巫真和林菁菁互相对望,交换了一下眼神,又看看张学然。

张学然不发一言,只默默看着陈永仁。

陈永仁干笑了几声后,以冷酷的口气道:"很好笑很好笑啊!真是低级趣味!"

光头男不答话,脸红到耳根去。

张学然说:"可以查她的手机联络过什么人啊!"

"你以为对方会笨到用自己的手机联络她吗?"陈永仁毫不留情地说。

巫真觉得张学然最好闭嘴,他是杰出的科学家没错,不过说到查案,实在是太外行。他自以为很精辟的意见,对做惯调查的人来说,根本不值一提。

"她不是提过那本精装书吗? 里面可能有线索,也许还在书架上。"巫真一说,大家马上提起精神,同时扭过头来,眼光在书架上作地毯式搜索,先是分工合作负责看不同的书架,然后自动交换来找,一本本重复打量,但一无所获。

"她可能把那本精装本丢了,难道把证据留下来吗?"张学然道。

"不,她应该会留下来,要是日后翻脸,这就会成为证据。"巫真说。

"同意,我们再找找看。"陈永仁说。

众人重复刚才的动作,不过把速度放慢了。

"我想到另一个可能,杀死陈道好的理由可能是要灭口,X是这里的人。"林菁菁说。

光头男突然怪叫了一声,引来所有人的目光。

"你是怎么一回事?"陈永仁马上问。

"没什么,没什么。"光头男连忙否认。

"原来这个X就是你。"陈永仁用食指指着他。

"不是不是。"光头男连连否认。

"那你鬼叫什么?"陈永仁追问。巫真见过他这个凶恶无比的眼神,在警局里盘问疑犯的时候。

光头男解释道:"我只是觉得这种谋杀事情很可怕,没想到团队里竟然有这种事情。"

"你等下最好跟我去一趟警局,我也要查查日记记载那几天你的不在场证明。"

"和我无关啊! 我有哪一点像她日记里的X,我一点也不英俊潇洒。"

"我的直觉告诉我,就算你不是X,也和这案件有关。对吗?"他转头问巫真。

巫真没回答,只觉得陈永仁一无所获,所以要找个人回去好好折磨,一泄心头之愤。

又过了没有收获的几个小时,张学然觉得自己快要爆炸了。

四个小时后,巫真已经累到不行,瘫坐在陈道好的房间,看着堆栈成墙的书,只觉一筹莫展。

林菁菁仍然把一本本书取出来,看看里面有没有夹层,然后再一本本放回去。

"你找到那本精装书没有?"陈永仁发来视频通话问。

"没有。什么也没找到。"巫真答。

"陈道好说收过钱,但我们查过她的好几个银行户口,并没发现有不寻常的现金收入。"

"所以,你怀疑她还把钱留在那本精装书里?"

"可能吧。我们准备查她的保险箱,看她会不会把现金放在里面,不过,这涉及法律上的技术问题,暂时还做不到。"

"她也不一定会存现金,可以换成古董手表、珠宝等有投资潜力的实物。"巫真说。

"她甚至还可以买旧邮票,这是黑帮走私现金的一种方法。"陈永仁补充道。

巫真点头,在电子货币流行的时代,很多人都忘了在现实世界里,还有很多东西可当钱来用。他曾经为此进行过深入调查,发现二十一世纪在某些特殊团体里,甚至连女人也可以算是一种地下货币。

陈永仁继续道:"要是她收的是一笔天文数字的大钱,我们还容易找。这种不大不小不上不下的银码，说不定半天就花掉了。"

林菁菁的表情看来有点难以置信，"半天？太快了吧！"

陈永仁有点失笑，"你别忘了你自己也是女人啊！"

巫真说："她不是一般女人啊！你别跟光头男一般见识。他还在你那边吧！"

陈永仁说："一个小时前放了，他和本案无关。我们查过那两天的活动，他在岛上。"

巫真笑说："他只是个宅男，没有杀伤力，对人类和其他禽畜都无害。"

陈永仁又说："说回第三个光栅运作那天，他们三个B型血的人都有很硬的不在场证据。唯一破绽，就是还有我们不知道的B型血的人？"

林菁菁问："你指有B型血的人在验血时骗了我们？"

陈永仁点头，"可以叫他们再验一次吗？"

巫真说："不用了，我们问过张学然，他们这里组织过一次献血活动，所有人都参与了。我叫红十字会那边给个记录我看。"

"你怎么能从他们那里拿到？"陈永仁很好奇。

"你管我是什么方法，这是我的营生之道。"巫真道。

陈永仁道："另外，我们也查到，陈道好的母亲患上了一种很奇怪的病，需要巨额医药费。"

"可是，陈道好的年薪已经很高了！"巫真刚才找了这批科研人员的薪酬记录来看，优渥的薪水给了他很深的印象。

陈永仁说："没错，可是也不够应付。后来，她母亲去了美国医治，至今还留在那边。我们花了点时间才查出，原来负责医疗费用的另有其人，就是地产大亨李富邦。"

巫真有点吃惊，"你是说做地产生意的李富邦？他和陈道好完全没有关联啊！"

"李富邦有个慈善基金。"陈永仁说。

"那慈善基金有什么屁理由帮她?"巫真道,"我听说这基金从没因为出于善心而帮助素未谋面的人的记录。他是那种做了善事就要上媒体的人,什么社会责任不过是公关的一部分,只是为擦亮招牌而已。有一种可能,就是李富邦其实是陈道好的爸爸。换句话说,陈道好的妈妈是李富邦的初恋情人。这三人之间就是那种隐形的人际关系。"

"你编的故事很有趣,简直就是电视连续剧的剧情,不过,这种概率很小。"陈永仁否定道,"他们之间的隐形人际关系,以我看来,就像你那助手和脑袋之间没有关联。"

林菁菁正想反击时,被巫真阻止了。

"不,我的助手很有头脑。"巫真一直说下去没让陈永仁插话,"刚才我提的是一个可能,另一种可能比较简单,即李富邦其实就是X的幕后老板?"

"这听来像样得多,正常人也会这样推理吧!"陈永仁回答。

"不过,"巫真质疑,"李富邦做的是房地产生意,在世界各地大城市,不管是私人住宅区,还是在商圈里都坐拥不少物业。他做的是全球化的房地产企业,和光栅有什么关系?有什么必要去破坏?有了光栅,他以后巡视业务也方便得多了。"

"你放聪明点,李富邦经营的是地产,换句话说,有了光栅,以前占尽地利的地方,也不再拥有优势!"陈永仁道。

巫真望向林菁菁,只见她微微点头,但自己仍摸不着头脑如在雾中,她解释说:"有了光栅,世界才会真正变成平的——你可以在东京吃早餐,午餐在伦敦吃,晚上去拉斯维加斯赌钱,然后回到撒哈拉大沙漠住,数着星星时不知不觉睡着了。"

巫真这才恍然大悟,"对呀,怎么我想不到?"

陈永仁用不屑的语气挖苦道:"大侦探,你着眼于尸体和种种奇怪的谋杀方法时,这叫做推理;当你像我这般思考一宗谋杀案和社会的关系时,这叫做犯罪。"

巫真脸上一红,"这我知道,不用你告诉我。"

陈永仁说:"所以,答案很明显,光栅会影响他的生意,他才叫陈道好从中破坏。"

"他果然是X背后的老板啊!不过,要打李富邦这种大老虎,一点也不容易!他的企业是无数高级公务员退休后的乐园,和政府有千丝万缕的联系。"

陈永仁雄心勃勃地说:"放心,维持正义是我们警方的工作。"

巫真说:"可是,这种有财有势的人,就算是警方也永远无法打倒。他们会有一流的律师团队和警方周旋到底,说不定你上午向上级说要调查他,下午已经被调去做交通警察。如果是平民百姓要来斗一斗的话,最后更是不知所踪。"

陈永仁苦笑着叹了口气道:"对,你说得一点也不错,你真了解我们警队的实际生态。别说扳倒他,即使要对他提起控告,也不可能。我们警方的调查只要走到这一步,就无法再前行了。我相信我的上司发现我要查下去的话,马上就会调我去处理其他案件,再把我底下的人手全部抽走。"

林菁菁没说话已多时,但面对那种超过自己力量甚多的大老虎,也不免会和陈永仁同仇敌忾,"虽然无法再进一步把幕后真凶绳之以法,但你们已经尽了全力。"

陈永仁难得地向她展露出友善的笑容——苦笑。

巫真又道:"可是我还有问题没解决。"

陈永仁问:"你指机房那个密室里,凶手怎样离开的吗?"

巫真答:"不只那个,还有光栅传送时的谋杀是怎样发生的,那才是最基本的问题。不然我们不可能在这里。"

陈永仁有点不耐烦,"你还想这个。我觉得并不重要。我们要对付的,是下命令的大老虎,而不是受人钱财就替人消灾解难的杀手。这点你应该明白吧! 凶手只是听命而行,一点也不重要。"

"不,对我来说,找出凶手非常重要。"巫真坚持自己立场。

陈永仁没马上接话,半晌后才说:"如果你觉得凶手很重要,那就要听听我对这案件的第三个想法。"

林菁菁一听,双眼发亮。

巫真没料到还有此一着,"说。"

陈永仁先问:"张学然在哪儿?"

巫真催促道:"在他自己房间里,你尽管说。"

"由始至终,光栅记录只有一个人去查,"陈永仁说,"就是张学然,对吗?"

"没错。他现时在团队里不太受欢迎,不少组员已相继离去,投靠其他光栅团队。剩下来的也不太愿意合作。"巫真说。

陈永仁说:"这我不管。如果现在只有他一个人去管理光栅的话,要做手脚就轻而易举了! 而且,如果是他的话,别说光栅,恐怕就连与光栅相连的计算机系统也能破坏。我无法确定这部分在不在光头男的管辖范围内。"

"光头男做不出这种大事。"巫真觉得光头男天生只是无聊男,做不出什么惊天动地的大事出来,"不过,你又怎可能怀疑到张学然身上? 破坏光栅对他一点好处也没有。这是最不可能的理由。"

"很简单,他收了李富邦的钱来破坏自己的光栅系统。"

"这完全没理由。光栅系统是他的心血结晶,你也不可能为收钱而杀掉自己孩子的吧!"

"别拿光栅和孩子比较,光栅是没有生命的。"

"对张学然来说,光栅是有生命的。"巫真说。

"如果是很多很多的钱呢?"陈永仁问道。

巫真说:"如果他的光栅系统能实现,也能赚到很多钱啊! 光栅是他的梦想。"

陈永仁道:"只要钱够多,梦想一样可以放弃。"

"没错,你可以从这个角度去看一个人的梦想值多少钱,不过,我向你保证,张学然例外。我在念书时就认识他,他是那种一路走来,有很多人对他充满期待的资优生,这辈子注定要做大事业。他不可能会为了钱放弃梦想。他不是一般的凡夫俗子啊!"

陈永仁泼冷水道:"在我眼里,人只有罪犯和非罪犯之分。"

"我并不认为张学然不会犯罪,他不是圣人。不过,如果是他的话,大概只会为了成名为了出人头地才会犯罪——像伪造试验结果,或者收买什么专家——你这样怀疑我还能接受。如果说张学然为了钱而破坏自己的心血结晶,这绝无可能。你想想看,他走了多少路才得到今天的成就?他做了很多人一辈子也做不出来的大事业。他是和你我不一样的天才啊!是那种注定会名垂青史的伟大科学家!"

巫真一口气讲了很长的话,连自己也觉得有点累人。

陈永仁说:"我才不管什么伟大科学家。我只知道我们到手的证据,几乎所有的都是由他帮忙才取得的。最弱的一环,最有可能出问题的,也是在他这里。"

"你说的,我都思考过,逻辑上有可能。不过,像张学然这种人,没有可能把光环从自己头上拿下来。感情上说不通。就像你可能会违规殴打嫌疑犯,但不可能收钱埋没自己的良心。"

陈永仁久久答不上话来,过了一阵才道:"这么说也好,除非有新证据,除非你认为张学然才是主谋,否则我的调查到此为止。你又会说,警方见好就收了。"

巫真笑道:"没错。有好玩的时候,警方就来抢功劳,没事的话就缩回去。你的工作完了,我的还没有。我会追查下去。"

陈永仁伸出手来,"祝你们好运!我期待你们给我惊喜!"

19. 独　处

张学然坐在沙发上,茶几上的即磨咖啡早已冷了。

他愈来愈不耐烦。

他一直高估了巫真这位名侦探的实力,以为他们很快就可以破案,没想到至今仍然找不到重点。

其实,他想起,巫真念书时就不怎么样,成绩岂止是平平,简直就是糟糕。一篇五百字的作文,可以找到至少一打错字;英文作文,连基本文法都会错;上数学课时,更是分子分母常常搞乱。

张学然实在不知道像巫真这种人怎可以升级? 大概是学校为免这种人连年留级,增加额外的开支,才让他过关吧。

巫真不只成绩差,甚至连以前被张学然作弄过好几次也没有发现。直到如今,巫真还不知道当年作弄他的竟是坐在后面的天才学生。

没想到一转眼十几二十年过去,大家都不再是小孩子,而且还在各自的领域做出了成绩。不过,自己投身科学研究之路,还有迹可寻,巫真这家伙怎会成为名侦探? 完全叫人摸不着头脑。

巫真可能只是运气好,误打误撞解决了一些问题而已。又或者,只是他要对付的罪犯其实很笨,但经媒体渲染后,把一些平平无奇的案件绘声绘色复杂化了,把他的对手妖魔化了,从而把巫真神化了,成了破解了好几起难解奇案的超级名探。

社会和媒体都需要偶像,好让一般人能崇拜。

问题在于这家伙根本就不是侦探的材料! 一切都是炒作,以满足大众对名人的需要,对英雄的渴求。

没有这些人的话,这社会将是多么沉闷!

不过,有了不同类型的名人,情况也好不到哪里去,社会的精神面貌仍然苍白。

——巫真,你到现在还是一点用也没有啊!

张学然叹了口气,这次真是错估了形势,自己竟然还相信巫真的破案能力,所以才冒险从其他团队成员身上买进了一些股票。要是巫真破不了案,不只光栅公司完蛋,自己也将血本无归,人生会输得一败涂地。

"快点破案啊! 你这笨蛋!"

张学然抓起这几天来一直带在身边的《五号屠场》,狠狠丢出去。

书着地时,发出无力的一声。计算机几乎同时发出声响,通知他收到新电邮了。

他知道不会有好事。果然又有三人递上辞职信。

如今,光栅团队的人已经走得七七八八了。只有他这负责任的船长仍然死守在这艘快沉的船上,不愿离开。

20. 试 解

　　陈永仁的部队已然全面撤退。不知不觉间,媒体也对这件事失去兴趣,不再报道了。巫真知道发生了什么:陈永仁已经向上级报告这事情跟李富邦有关,所以这调查就不了了之,而李富邦操控的媒体嗅到风声后也自动噤声。

　　陈永仁相信一切都是李富邦做的,而不是张学然。这也很合理,张学然实在没有理由破坏自己的光栅计划,现在他本人正为重启光栅项目而烦恼不已。

　　虽然陈永仁跟自己往往意见常左,但他也尽可能在能力范围内锲而不舍找出真相,算是个可敬的对手。

　　不过,即使是李富邦派人做的,计算机房命案里的凶手到底是谁? 光栅传送里的意外是怎样造成的? 他们始终找不到答案。

　　没有答案的话,张学然的光栅就复活无期。

　　巫真不喜欢一直留在室内思考,而喜欢往外跑。一天下来,这个小岛上几乎每个角落都被他踏遍,身为助手的林菁菁只好陪着他。

　　两人去到海边的一隅,面向太平洋。天色阴沉得像天快要塌下来。那些乌云一层压着一层,像要一直压到他们的头顶上。海风从很远的地方吹来,再用力拍打到身上,带劲地在耳边作响,叫人几乎睁不开眼。

"回去吧!"林菁菁道,"我的头发被风吹得像女鬼似的。"

"你知道木星上的大红斑吗?"巫真张口问。

"你怎么突然想起这个?"林菁菁有点诧异。

"你到底知不知道? 说说看。"巫真顶着风大声道。

她用力回答道:"这我知道,这是一场大暴风,已经刮了好几百年。我们回去吧!"

"好。"巫真点头。

回到巫真房间时,林菁菁以为他已经把木星抛诸脑后,没想到他又继续追问:"为什么木星的大台风可以刮那么久?"

"因为木星是个气态行星,上面没有陆地去消弭大台风的能量。好了,别再问我了,再问我就辞穷了。"她举手投降,"你现在要思考的应该是光栅的事吧! 怎会变成木星的大红斑?"

他没解释,又继续说:"刚才我站在海边时,想的是:如果这个地球变成木星那样的环境,刚才海边那些风吹到我们身上后,再绕地球一圈,就会再次袭向我们。"

林菁菁没好气地点头,"那又怎样?"

"我没忘记光栅,只是在往另一个方向想。"

"什么?"林菁菁几乎不相信自己的耳朵。

"刚刚才想到,现在还没有建立完整的逻辑,也没理清前因后果。不过你还记不记得张学然说过,那几天的光栅传送记录乱七八糟的?"

"那又怎样?"

"如果整件事,都只有陈道好一个人在搞鬼,那又怎样?"

"这怎么可能! 你绕什么圈子,到底想说什么?"

"我的思绪仍很混乱,我脑里突然闪过一个惊天动地的想法。

你别烦我，我要一个人冷静下来好好思考。"

"怎样惊天动地法？难道会和我想的一样？快从实招来。"林菁菁一步步向巫真逼近，目露"凶光"。

"我说我说，你还记不记得有次张学然说过，光栅传送是基于量子物理？我查过资料，里面有可能会出现超光速的情况。"

"光速不是已经是极限了吗？"林菁菁还没能跟上来。

"不，超光速会在特殊情况下出现。其中一种情况，很可能就曾经在光栅系统里出现过。"

"什么叫很可能？"

"就是说，还没确定，所以，恐怕连张学然那种天才人物也想不到会出现这种意外。而我觉得只有这种情况，才可以彻底解释到目前为止发生的一切事情。"

林菁菁一边喝着乌龙茶，一边听巫真把他的推理一口气说完，接下来再针对有疑虑的地方逐一提问，听巫真逐一解答，两人逐一修正。整个过程几近两个小时。

"现在，你觉得怎样？"他问。

林菁菁沉思了一阵，才说："还好，虽然有点异想天开，但是非常合理，彻底解决了密室的问题。我开始同意你的说法——这看来也像是唯一的答案。"

第二天，在小型会议室里，除了巫真和林菁菁外，只有张学然。陈永仁还没现身——巫真觉得叫陈永仁来听听，让他被真相吓一吓也不错。巫真本来说想去不这么正式的地方谈，但陈永仁说只有在会议室这种正式的场合，他才可以提起精神来。

张学然出现时，头发乱七八糟似的，像是拼命抓过的样子，而且眼睛被很大的黑眼圈包着。身上的衣服好像烫过，但还是皱巴巴的。

巫真没想到才一天没见,他竟会变成这个样子。不过,这模样比起早前那一本正经西装笔挺的外表,更像天才科学家。

"你还好吧?"巫真问老同学。

"我至少有四十个小时没睡了。"张学然答,"一想到那些家伙一个个离开,我就头痛得要死。"

"又是钱的问题?"

"不,我放弃了,已经没再向他们买回股票,宁愿留些钱在身边。"张学然答道。

"其实我有一点还不明白,"林菁菁问,"现在其他那些团体抢人,是为了什么? 以这技术的成熟度,项目不是已经到尾声了吗?"

"不,还差得远,光栅距民用还有很长一段路,起码还要十年时间进行改良,不只要把光栅缩小,还要做大量压力测试,还有很多很多事情要做……不过,一切已经与我无关。就算现在你解决了所有问题,我手上也没有人来完成后续工作了。"

巫真觉得张学然仿佛是在亲临一个自己已经无法参与的战场,只是个早已阵亡了的老灵魂。

"相信我,你还有机会东山再起。"巫真说。

张学然苦笑,他在努力撑着自己的眼皮。

接下来巫真和张学然都保持沉默,直至陈永仁到来。

"名侦探要公开惊天大发现了吗? 还是从维基解密上找到了答案?"

"我叫你查那把刀的事,有发现吗?"巫真问陈永仁。

"这刀大概是从拍卖网站下单买的。自从这事上了台面后,那几个卖家全部销声匿迹,再也找不到。"

"从拍卖网站的记录去找了那些卖家的电邮地址吗?"

"当然找了,不过,查到也没用,那些电邮地址已死掉了。一切交易都采用付现方式。我们刚才也顺便查了这些电邮地址,都是从手机发出,而且用的是预缴式手机,完全没有身份认证可言。我早就说过,这种东西根本就是犯罪的温床。网络一定得采取实名制,这样才能冤有头,债有主!"

"虽然陈道好在犯罪方面是外行,但思路非常周密。"巫真说,"刀本身有没有指纹或者其他标记?"

"只有她的指纹,"陈永仁解释,"不过,单凭这点很难说明什么,也可能是死后才印上去的。"

"凭这长度,挥动的力度,可以把人的头挥下来吗?"林菁菁问。

"只要手劲够大,足够了。我们找了个会剑道的同事,找了把类似的真刀对模型做过试验。"陈永仁说,"你问这个干吗? 事情都结束了。"他虽然口气大,但一向实事求是,这点连巫真也不得不佩服。

"不,还没有结束。"巫真说,"所有疑问都已解答了。现在才真正开始呢!"

张学然和陈永仁同时用疑惑的眼神注视着巫真。

"名侦探,我们还有很多疑问啊!"

"不,根据我的想法,一切其实很简单。不过,我要先问一个问题。"巫真问张学然,"我们一直在说光栅,到底你们的光子在光栅之间的传送有多快?"

"这要看你指的是在哪里,在真空和在其他介质里的速度会有轻微差别……"

巫真早知道答案,只是想叫张学然把答案说给陈永仁听,没想到他的答案竟然长得叫人不耐烦。巫真只好自己在投射出来的画面上,写下 299,792,458m/s 的字样。

"别当我什么也不懂,我也知道光速很快很快,那又怎么样?"连陈永仁也很不耐烦。

"有没有可能快过光速?"巫真继续追问张学然。

"当然有,这也算是量子物理的范畴。光子超过光速的话,会出现量子穿隧效应。在以前,像人这么大的宏观物体,是无法穿墙过壁的,不过,现在新技术出现了,解决了技术限制,所以,里面可能会出现超光速的情况,但可能性应该很小很小。"张学然眼睛定着,显然心思在高速运转,隐隐想到答案,道,"你的意思是……"

"你应该明白我指的意思。"巫真说。

"我当然明白。"张学然倒抽了一口气,眼睛像在凝视虚无中的某一点,窥见了另一个平行世界的秘密,"不过,我觉得不太可能吧! 那一刀原来是……完全超乎我想象。"

"不过,这应该是唯一的答案。"巫真说。

"你们到底在说什么啊!"陈永仁摸不着头脑问。

"就是光栅系统出现了连张学然也没预料到的状况。"巫真说。

陈永仁望向张学然,只见对方仍然在沉思,还微微点头。

陈永仁不服气道:"不过是一般谋杀案吧! 两宗谋杀案都由同一个凶手犯下,顶多有个共犯,而这犯人在我们中间,出乎我们意料之外……所有推理故事都是这样,不是吗?"

"错了,从一开始就错了,这不是两宗谋杀案,而是只有一宗,从头到尾只有一宗,只是看来像一分为二。"巫真道。

"等等,你到底想说什么? 你指两个人差不多同时死掉,后来被人搬动尸体到了另一个地点?"陈永仁问。

"可以这样说,不过和你想的不一样。"巫真想了想。

"不,等等。不太可能啊! 我记得,陈志伟死后,陈道好还活了好几天,他们不可能同时死去。"陈永仁说。

"所以我才说,真相和你想的不一样。"巫真道。

"是不是陈志伟死后,我们所有人见到的陈道好是冒牌货?"陈永仁道。

"不,我们看到的那个陈道好从头到脚都是原装正版。"

陈永仁觉得巫真的说法充满矛盾。不过,更惊人的是,张学然看来非常平静,一点也不惊讶,似乎他已经推论出答案并且完全同意,甚至消化了真相带来的冲击。

答案如果通过了张学然的考核,那就表示在技术上完全可行。

可是,陈永仁觉得自己连边也还没沾到。

巫真见陈永仁一脸疑惑,便道:"要了解这起谋杀案,就要从头开始说起。"

陈永仁抢道:"我没有耐性,我想直接问,杀陈志伟的凶手到底是谁?"

"凶手嘛! 自然是陈道好。"巫真道。

"那杀陈道好的又是谁?"

"我只能告诉你,那人是从唯一的出口逃走。"巫真卖关子道。

"光栅?"

"当然。"

陈永仁觉得巫真的答案很白痴。

"还真是废话,这我也知道呀!"

"放心,真相跟你想的肯定不一样。"

"那他逃去了哪里?"

"他没有逃走。"

"那人从唯一的出口逃走……但还没有逃走?"陈永仁摸不着头脑,"你们这些名侦探可以学会用简单平易近人的语言,直截了当地把话说清楚吗?"

"不是我不想说清楚,而是你一直在打岔。我刚才不是说,让我从头开始说吗?"巫真有点气。

陈永仁的嘴唇微微抽动,看来想说什么,但最后决定保持缄默。

"我们再回到光栅做活人试验那天。陈志伟进了传送光栅后,花了比预先估计更长的时间才到达目的地,你还记得吗?"巫真问陈永仁。

"当然记得。我们还曾怀疑他去了第三道光栅,但第三道光栅在同一时间并没有启动。"

"对,这一点很关键,而且证据确凿,绝对没有错。"巫真说。

"那他是怎样头身分家的?"陈永仁问。

"你觉得呢?"

"大概是用程序做出来的吧!"陈永仁答,"你别老是问我啊!我是警察,对什么光栅技术一点都不懂,一看到光栅这两个字我心里就举手投降。你直接告诉我答案好了,拜托拜托。"说罢双手合十。

"其实很简单,陈志伟是被传送到第三道光栅,在那边被人砍下头颅的,然后再传送回原本要去的光栅那边。"

"等等,"陈永仁的脑筋一时之间还没有转过来,急问,"我们不是非常肯定同一时间里第三道光栅并没有开动吗? 你说的是第四道光栅吧!"

"不,没错,我说的就是第三道,而且动手的,是陈道好,否则还可能是谁?"

"陈道好? 她当时可是在光栅传送现场啊!"

"没错。"

陈永仁愈听愈糊涂。

"你是指陈道好雇来的人吧?!"

"不,是陈道好本人。"巫真用很权威的语气说道。

"陈道好本人在那天的现场片段里。我们大家都看过录像。"

"对,砍下他头颅来的,并不是现场那个陈道好,而是几天后的陈道好,就是那个在密室里的陈道好。"

陈永仁的下巴几乎掉了下来,他嘴唇翕动,欲言又止,"怎么会这样？怎么可能会这样？你到底在说什么？"

巫真冷静地道："这是意外，而且是非常非常大的意外。光栅里的光子以超光速传送，无意间变成了时间机器。"

"时间机器？"陈永仁隔了一阵才开口，"你别和我开玩笑！怎会变成时间机器？！"

巫真没答，扬手示意张学然解答。这种情况，只有具备专业知识的专家才可解答连巫真也想不出来的答案。

"其实像光栅这种技术，并不只是做空间上的移动。"张学然清了清喉咙后道。

巫真见陈永仁一副惊讶的样子，相信他当了这么久警察，见过无数尸体，也从没如此吃惊。

张学然解释道："根据晚近的量子物理学，这种空间上的移动，也会涉及时间上的转移，只是发现的实例暂时还不多，有待更多的试验去证实。整件事很简单——陈志伟在那天的传送试验里被送到了几天之后，在计算机房里被陈道好杀了。陈道好要破坏光栅的活人传送试验，于是早就在程序里做了手脚，利用第三道光栅来进行拦截。我知道她一开始时还不知道怎样出手，可是，当她看到陈志伟断头后，就回去思考，想通了光栅已经变成时间机器这一事实。有了这个大构想后，她不再担心了。她已经预知了结果，预料自己出手一定会成功。所以，几天后，她在第三道光栅那边启动了程序里的'炸弹'，把陈志伟从几天前引过来，在那里把他杀掉，再把他送回光栅里，回到做试验那天，继续本来的传送旅程——结果就变成了我们现在看到的这个样子。不过，她虽然预知陈志伟的头会被砍掉，却不知道自己也会因此身亡。"

陈永仁似乎仍然无法接受这个事实，嘴唇一直蠕动，却说不出只言片语来，过了好久，才半信半疑地问道："所以就要用刀了？"

"对。陈道好本身就是剑道高手，而且用刀横斩，看起来就像是传送时出现了意外,造成头和身体无法接合,所以,她不会用刀朝身子捅下去,只会向颈部出手。"

巫言望向林菁菁,再望向张学然,"我的说法没错吧?"

张学然答:"没错。不过,我不是很明白,陈志伟怎可能乖乖站着,等着被人砍掉头颅?"

"我猜陈志伟传到第三道门后,"巫真站起来,一边说,一边用手比画着,"光栅的门刚一打开,陈道好的刀就挥来了,他还来不及反应头就被斩下了——现场的血迹就是这样形成的。然后,陈道好把陈志伟的头放回光栅里,继续传送。她知道陈志伟的高度,所以,事先应该已经做了上百次练习。"

巫真做出握着一把长剑的姿势,继续道:"光栅的门打开后,陈志伟虽然睁开了眼,发现看到的情况和原先的有所不同,不过,既然到了目的地,还是得走出来。他怎么也想不到会被斩首。"

陈永仁试探着说:"我不知道陈道好当时握剑的姿势是怎样的? 也许从陈志伟的角度,根本看不出陈道好正握剑等着他。"

张学然说:"不,我怀疑陈志伟在传送之后,虽然张开了眼,但眼睛根本没有适应光线,还看不清前面到底是什么,只顾向前走,心想反正也不会有危险,而且试验不能因为他而停下来,但没想到这样向前走了几步后,就被人斩下头来。"

眼睛看不清,巫真和林菁菁早前并没有想到这点,张学然这样一说,反而使他们的判断显得更合理了。

张学然道:"我可以理解陈志伟的死因,那陈道好呢? 是谁把她推倒的?"

"没有人把她推倒,是她自己滑倒的,纯属意外。"巫真说。

"既然她那么冷静,又怎会滑倒?"张学然问。

巫真想解释时,却被陈永仁抢道:"这我可以解释了,就是她太集中心力了。她精确无误地做了一大堆事后,终于累倒了。我们见过很多类似的情况,特别是那些一个人做了分尸后又弃尸的,往往回家后都倒下了。这不涉及体力,而是来自心理的压力。"

"大概就是人算不如天算。"巫真问,"还有问题吗?"

"有,我其实要问的不是为什么要用刀这种武器,不过,我又不知道到底该怎样问……"陈永仁问。

"什么怎样问?是光栅的技术问题吗?"巫真问。

"算是吧,准确地说,是时空穿梭的问题。到底这案件是怎样开始的?你说陈志伟给传到未来,可是,做试验当天,陈道好根本还没有动手,他的头又怎会被陈道好斩开?一切完全没有理由。不,我想问的不是这么简单,天啊!太复杂了,我连个问题也提不出来。"

"你到底在说什么啊?"巫真有点不解。

"我大概明白你想问什么,你想问第一因的问题吧!"张学然为陈永仁解围,问,"就是这事怎样开始?"

陈永仁说:"对对对,这事到底是怎样开始的?到底是谁决定用刀?因为陈道好是看到陈志伟的头断了,才决定用刀。可是,其实根本就是陈道好自己把陈志伟的头砍下来的。这是一个很奇怪的循环,表面上看来好像很说得通,陈道好从头到尾都决定用刀,可是她只是根据自己看到的结果才开始的啊!"

张学然又抛了些科技语出来,"这确是一个很奇怪的循环。不过,我们可以用平行宇宙的循环来解释,就是说,其实陈道好一开始已经决定用刀杀人。那时宇宙已一分为二,一个里面陈志伟没进行时间旅行,另一个里面陈志伟进行了时间旅行。我们现在只是在后者的宇宙里,所以只能看到现在这个情况。"

"怎么又把平行宇宙拉进来了?!简直像三流的电视连续剧剧情!"陈永仁不自觉抓了耳后几下,"我本来已经大概明白时间旅行的概念,现在好像又变得不明白了。"

"你回去想想就明白了。总之,这一切并没有违反物理学定律,对吧?"巫真问张学言。

张学然点头,"如果有什么东西我们还无法理解,未必是不能理解,而是我们要修正已知的物理学定律。"

陈永仁深深呼出一口气,仿佛要把一切烦恼吐出,"都说这种案件完全超出了警方可以调查的范围。这么匪夷所思、前所未有的复杂案件,名侦探你到底是怎样想出答案来的?"

"很简单,是这本书给我的灵感。"巫真指指张学然放在桌上的《五号屠场》。

这书比巫真当初看时残破得多,几个书角都折了起来——除了张学然,没有人知道原因。

"讲什么的?"

陈永仁把书拿来,随手翻了几页,全是密密麻麻的字,他马上合上,仿佛见到的字是一个个死得不明不白的冤魂。

"就是时间旅行。"巫真答,"这大概就是机缘吧!"

张学然道:"其实这书最近我一直在看,没有想到破案的线索竟然就在里面。"

"这大概是整个案件里唯一无法用科学逻辑解释的地方。"巫真问一直保持沉默的林菁菁,"对吗?"

林菁菁没答话。

张学然义愤填膺地道:"陈道好这么一个优秀的科学家,竟然做出这样的事来,我不只想说可惜,她简直可恶。我几乎被她弄到崩溃。"

"原来是时间旅行。怎么会这样呢?"

"真是难以置信,但看到刚才他们的讨论,情况似乎不假。"

"会不会是做给我们看的?"

"不像！你没留意那警官的表情，和平日看来不怎么一样，绝对是真情流露。"

刚才小型会议室里上面的小眼睛窥视着众人的一举一动，桌底下面隐藏的无数麦克风把众人的对话全程一字不漏传到岛外其他地方。

"我以前听说过，要是真有时间旅行的话，现在应该到处早就站满来自未来的时间旅行家，还有旅行团，由专业的领队带团。"

"我也看过一本书谈过这题目，解释是时间旅行只能去到有时间机器的地方，就像你乘电梯，只能去到有门口的楼层。"

"你在说什么？可不可以别用这么深奥的比喻？"

"就是说，你无法去到还没有发明时间机器的年代。如果我们今天才发明时间机器，未来人顶多只能来到今天，而无法回到昨天。"

"我也听说，只要时间机器成真，以后我们回望历史，就要用'时间机器之前'和'时间机器之后'来划分了。"

一阵沉默。

"怎么突然大家不说话了？"

"我本来只是投资光栅，没想到竟然会变成投资时间机器。"

"这只表示我们会赚到更多的钱啊！哈哈！"

回到巫真的房间里，没有第三者时，林菁菁说："刚才你们在讨论案情时，我倒想到另一个问题：既然李富邦帮过陈道好的家人付医疗费，为什么又要另外付钱给陈道好自己？"

"这有什么问题？"

"假设李富邦已经付了钱做医疗费用，为什么还要找个中间人？你不觉得是多此一举吗？"

"中间人只是向她施压而已，即所谓的软硬兼施。"

"不,冒个中间人出来,只会增加曝光的风险。"

"只是中间人的风险,李富邦本人还很安全。现在连警方也查不到证据。"

"不,我是指增加陈道好曝光的风险。"

巫真想了很久才说:"他也许觉得陈道好的风险可以让她自己去承担吧!"

林菁菁没答话,独自陷入沉思中。

21. 访 谈

  名侦探巫真的办公室在一个很不起眼的地方,抱歉,我们在访谈前已说好绝不提及办公室所在地。

  "就算不写出来,左邻右舍还是会认出你们来的啊!"

  "他们当然会认出我们来,"巫真以一贯的幽默口吻道,"不过,他们知道我们是正义的朋友,不会出卖我们的。"

  "不怕仇家找上门吗?"

  "要怕的应该是他们才对。"巫真笑说。长期面对各种奇形怪状的尸体,不只能破案,还能谈笑风生,巫真天生注定是吃侦探这口饭的人。话虽这样说,我还是要提出一个很多人都很好奇的问题:

  "为什么要做侦探?"

  "这大概是我从小以来的志向吧! 我自小就喜欢解决难题。"

  "那你数学的成绩一定很好。"

  "才不是,我的数学很烂。分子分母常常搞不清楚。当然,现在已经难不倒我。数字也算是一种符号,往往是破案的关键。"

  "你为什么不在大学里读数学呢?"

  "数学家几乎都在二十五岁前就知道自己是不是那块料。我

182

只是喜欢运用数学,而不是做研究。而且,日常很多问题都不能用数学来解决。"

"那要用什么来解决?"

"用人。只有了解了人,才能解决社会上的问题。不过,我不是政治家,也无法解决社会问题,只能解决个人的问题。"

"那你可以做医生或者心理学家。"

"医生和心理学家都要考执照,而侦探不需要。"

"你以前看过很多推理连续剧以至于梦想成为名侦探吗?"

巫真摇摇头,道出一段不为人知的童年往事:

"在我七八岁时,邻居里有个年老的独居老伯伯遇上入屋行窃的贼,还和对方厮打起来,在混乱中被捅了一刀失血致死。警方在现场什么证据都找不到,最后只能不了了之。

"这案件连报屁股也上不到。我觉得老伯伯很惨很惨,死得不明不白。当时警方根本没有尽力去找出凶手。他们觉得不过是死了个一穷二白的老人而已,不过对我来说,却是死了一个慈祥的长辈。他经常眯着眼对我笑,我永远也忘不了那副笑容。我希望这种惨剧不会再发生。"

我问名侦探:"你有没有想过去破这案?"

"电视电影里才有这种故事。我没有这机会。我多么希望老伯伯住的公寓可以永久保存下来,好让我成为名侦探后可以回头来仔细调查。"

当然,巫真这个愿望无法实现。事发后三个月,那套房子就租了出去,在寸金寸土的城市,人人都为楼房奔波,为生活疲于奔命,忙东忙西,晕头转向。凶宅的说法早已被人抛诸脑后了——没地方住恐怕更为可怕吧!

"那幢楼十几年前被拆掉重建,如今已成为豪宅。"

巫真接下来的成长经历也和成为名侦探无关,他念完小学中学后并没有去考警察学校。

"做警察很辛苦啊!我自小不是运动健将,而且笨手笨脚,体能训练肯定要了我的命。我也相信,照自己的性格,肯定会和教官过不去。"

结果他跑去念了戏剧。

"现实中没有名侦探这种角色,如果我要成为名侦探的话,大概只能在电视电影里才有机会。不过,我一直没有放弃理想,所以空闲时,我除了看大量犯罪推理小说,还看了很多犯罪学方面的理论书。"

上天总是把机会留给准备好的人。命中注定成为名侦探的人,不管怎样选择人生道路也还是会成为名侦探,甚至成为市场上唯一一个名侦探。市场早就有这个需要,只是要等合适的人来做。

"我看到报纸上的七星连环杀手案,就打电话报警指出凶手的留言其实是什么意思,结果警方也因此破案。开始时警方还以为我是凶案相关人士,对我抱怀疑态度,甚至把我列为疑犯,后来我在十来个警官面前讲解了我的推理方法和过程——细节不方便透露——从此我成了警方的特别合作伙伴。"

这个堪比推理小说的情节,大概羡煞普天下的推理小说迷。

"推理小说和电视连续剧里的名侦探会很潇洒地破案,无意间破案,轻轻松松地破案……而在现实生活中,推敲案情其实没这么好玩儿,那是个很苦闷的工作。"

"连警方也要向你求助,会不会觉得警方其实根本是纸老虎?众人的力量也及不上你单人匹马?"

"不能这样说,警方查案本身有一套既定的程序要遵守,要收集现场证据,要查问所有人,一个也不能放过。"巫真道,"而我,表面上看只有一个人,其实我看到和得到的信息,是警方搜集得来的成果,他们替我做了所有的前期工作。他们讲的是证据,而我可以凭感觉。此外,警察本身也有破案的压力,来自公众、媒体、上级、受害人家属等等的压力;我走单帮,来去自如,可以挑我觉得有机会破案的案件。要是没有把握的,或者要花很长时间和很多资源的,我根本不会接。我比警方轻松得多。"

破了几起奇案,到底有什么心得?

"关键在于细心和耐性。"

有没有话要对罪犯说?

"不管你怎样费尽心机,一定会留下破绽。犯案前请三思而后行,否则,我一定可以把你抓出来绳之以法。"

巫真自信满满道,虽然笑容满脸,但仔细看竟蕴藏杀意,那道眼神之凌厉,像在我和摄影师身上打出了好几个弹孔。

"那你呢? 为什么要做名侦探的助手?"

这样的访谈,我不可能忘记林菁菁小姐,可是,她面对我们突然抛出来的问题,显然有点惊惶失措。

"怎么会问我? 他才是主角啊!"林菁菁用涂了红色指甲油的手指指向巫真。

"我也要给你机会啊! 对我来说,你们两个已成为一体。"我说。

"我只是想帮忙伸张正义啊!"

林菁菁小姐话不多,一直隐藏在名侦探的背后。问到他们两个是不是情侣关系,两人同时摇头。再追问两人会否日久生情,两人也马上摇头,一点犹豫也没有。比起明星和助手之间的关系,他们显然爽快得多也决绝得多。

访谈快要结束时,我突然心血来潮,问巫真哪一起案件的侦破是他最满意的,他看看林菁菁,收起笑容,一脸认真地说道:"没有一起是我满意的。其实我最想破的,还是多年前一位老伯被杀的案件。我真希望可以回到过去,回到那一天,不只要阻止命案发生,也要把那个独行贼绳之以法,以免他再加害其他人。不过,这事永远不可能实现了。"

名侦探的遗憾。

这是好几年前的访谈,也是巫真和林菁菁接受采访的第一篇访谈。巫真特地把内容打印出来,贴在办公室的墙上。

林菁菁登上网络,在搜索引擎里用"巫真"当关键字,发现第一个跑出来的条目就是这篇访谈,这也是最多人看到的条目。

回到过去。

她隐隐觉得有点不妥。

22. 老 伯

　　一个独居的老伯伯家里会有多少钱？独行贼为什么要杀人？老伯伯年纪已经很大了，大概很快就会离开人世。为什么独行贼要迫不及待地夺去老伯伯剩余不多的日子？

　　林菁菁记得，那天下午放学回家后，发现公寓大楼外挤了很多人，有警察也有记者，救护车停在门口……一切看来都很不寻常，简直就像电视上的新闻节目。

　　警察不让她回到自己的公寓里，后来她看见有人用担架抬了个人出来送到车上，那人的脸上盖了氧气罩，所以看不清楚。布单下的身影很瘦小，像个小孩般，但头顶上却有稀疏的白发。

　　车子开走后，警察才让她回家。经过走廊时，她看见老伯伯房间的门打开了，警察在里面拍照。她看过很多电视剧，心里已经有谱，只是还不愿相信。回到家里，妈妈装做若无其事，生活如常。

　　如今想来，妈妈可能是怕吓到她，所以才故意如此镇定。

　　记忆里，老伯伯脸上一直挂着笑容，像个慈祥的长者。老伯伯对她说过什么做过什么，她如今已经一点印象也没有。她对老伯伯的唯一印象，就只有那张饱经风霜的脸，以及脸上密密麻麻的老人斑。

她长大后,对老人仍念念不忘。问起母亲才知道,老人以前是个教师,没挣多少钱,退休后几乎连生活都有问题,但是培育英才多年,很多学生都没有忘记他,他们每月来探望老师,接济老师的生活。

妈妈有时很瞧不起老人的生活状况,曾在背后对林菁菁说:"长大了要找赚大钱的工作,不然就会变成这个样子……"

长大之后,她开始揣测老人那笑容下的深意——我虽然没钱,但我为我的学生感到光荣,他们是我最大的财富,也是我对社会的贡献。

她不知道老人是不是这样想的,也没有机会问他。她曾经想过,如果有时间机器让她回到过去的话,她一定会问老人,他的笑容到底表示什么,但转念又想,如果可以的话,她会想办法阻止命案发生。

老人最后到底葬在哪里?土葬的还是火葬的,连妈妈也不清楚。这么一个活了七十多年的人,最后竟被残忍地杀死,而且连凶手也抓不到,实在太荒谬了。

自此以后,她立志要做侦探工作。

第二天,巫真和林菁菁去医院探望陈子慧时,电视新闻刚播出光栅谋杀案的初步调查结果,虽然细节还有待考证,但已轰动全世界。

专家用模拟影片仔细讲解案情,分割画面——物理知识、量子力学、时间旅行……令人眼花缭乱之余,很多人突然对量子物理感起兴趣来。

"名侦探巫真又一次侦破了超乎想象的离奇大案,各方的采访邀请据说叫人应接不暇。"主持人用一种很神秘的语气道,"X是谁？他的幕后大老板是谁？我们的特别节目会为你揭秘。"

"所有事情都是陈道好做的……陈志伟的大仇已报。"林菁菁安慰道。

陈子慧只要一想起林菁菁说过的话，就会忍不住地落泪。

有一家电视台的新闻很详尽，但并没有指出李富邦是幕后黑手，只说他曾接济过陈道好的家人，令人不无联想。

李富邦虽然财雄势大，但显然不是所有人都买他的账。

巫真握拳，"不，陈志伟还没有为自己报仇，陈道好和X都只是棋子，李富邦才是真凶。我要他血债血偿。"

林菁菁一边点头，一边心想，李富邦本人一定不会亲自和X联络，中间应该经过好几层中间人。这一层层的人肉长城足以成为他的围墙和护城河，让警方不管怎样猛攻都无法穿透。

要找李富邦报仇，谈何容易！

"我们一定会想办法破案，你放心好了。"

话虽这样说，可是，根据陈永仁的调查，陈道好并没有留下大量现金，保险箱也只是放了些家里的老照片和其他有点纪念意义的东西，并没其他发现。

林菁菁曾把电话打到美国去，联络陈道好母亲的医生，不过她没有表露真正身份，只说是亲戚。

那个看来一脸倦容的男人不虞有诈，摊开双手，表示老人现在只靠维生机续命，无法言语，早已无药可救，他和团队经过商量，也已经放弃了替她动手术的想法，怕老人无法承受。

"你要不要和她说几句？"

"说什么？"

"什么都好，她也许会听到，但我们无法保证这一点。我可以找护士帮你放大电话里的声音，不过，只限三分钟。"

"也好。"

　　林菁菁没告诉老人她女儿已经死了,不是她觉得老人听不到,而是老人的生命已到最后,很快就会油尽灯枯,只是在等候女儿对她说最后一句话,那么残忍的事实她讲不出口。

　　林菁菁觉得就算女儿犯罪,也与老人无关。

　　"陈太太……"

　　她觉得老人的眼皮像有微微跳动。

23. 新客户

案件终于告一段落。

第二天早上,巫真和林菁菁搬回市区,并决定下午到郊外走走。

巫真回程时,听任车子进入自动驾驶模式,自己只顾惬意地看电视。

女主播说:"光栅谋杀案有突破性进展后,又有知情人士爆料说,死者之一陈道好在经济上曾受富商李富邦接济,所以动手在光栅里做手脚。"

画面切向李富邦集团所在的大楼,过百记者围拢在正门。

接下来女主播说的巫真全都知道,但还是问林菁菁:"你爆料的?"

"不是,可能是陈永仁吧!"林菁菁道,"大概他对于无法打李富邦这只大老虎愤愤不平,所以才把这线索丢给媒体——就算无法把大老虎打下来,也要叫它吃点苦头。"

"也可能是张学然,虽然研究项目可以重新展开,但还是决定给李富邦一点颜色。"

"话说回来,光栅变了时间机器,我还是觉得难以接受,明明是两回事嘛!"

"就当是无意间发现就是了。当年研发心血管药物时,也是在无意间发明出治疗勃起功能障碍的药物伟哥。"巫真的视线重回画面道。

"怎么举这种例子?!"林菁菁有时会用图像思考,不禁脸上一红。

"我只记得这个嘛!"

"没想到你这么年轻居然要用伟哥。"林菁菁见他正注视着后视镜。

"别乱说话,我发现那车跟在我们屁股后面好一阵子了。"巫真的语气变得严肃起来,"别回头。"

"我当然不会回头,连化妆镜也不敢拿出来用。"

"为什么不换辆跑车?我们应该有足够的钱吧!多亏那些很有想象力而且喜欢设计密室杀人或不在场证明的连续杀人犯,这些年来我们的确是挣了不少钱。如果有辆跑车的话,这时正好大派用场。"

"我可以考虑看看。"林菁菁道。钱一向由她打理。

巫真没答话,车子加速走了好一阵子,林菁菁没有看后面,不知道到底是不是甩掉了跟踪的车。

可是,巫真的车子却好像渐渐慢了下来。

林菁菁惊问道:"怎么回事?"

巫真一脸无奈,"车子好像抛锚了,真是不巧!"

车子终于停了下来,巫真只好打开应急灯。

林菁菁终于望向后面,只见一辆黑色房车慢慢驶近。车头灯光之猛,叫人无法直视——是白光车头灯,正式名称为"高强度气体放电车头灯"。

黑色的车身看起来好像比平常所见的大,像伦敦的士。

巫真心感不妙,"不是说那些罪犯不会向名侦探下毒手的吗?"

林菁菁答道:"谁说的? 我只听过罪犯不会对付助手。"

一个人从黑色房车出来,向他们走来。

"你报警没有?"巫真急问。

"来不及了吧! 他们来到时只会发现两具尸体。"林菁菁无奈道。

"你可以留下死前遗言啊!"

"时间太短了,我想不到留下什么。"

巫真灵机一动,"你可以拍下对方的车牌号码发到网上去。"

"他们的车头灯太亮了,我连车牌都看不清楚。"

一个男人在他们的车外,手上没有枪。

他轻敲车窗。

巫真把车窗降低,还没说话,对方已抢先开口:"你们的车没什么大碍吧!"语气不像有恶意。

没什么? 就是你们追得太急,我才会把车开足马力,结果就变成这个样子。

这句话巫真吞进肚里,只说:"车子一时不听话。"

对方又说:"如果你赶时间的话,可以搭我们的顺风车。我们会另外叫人在这里等拖车过来,把你们的车送到府上。"

"你们是什么人?"

"我们也是和光栅公司有关的人。"男人很有礼貌,"要不要过来和我的老板聊一聊?"

"你老板是谁?"

"李富邦先生。李先生想跟你们谈几句,很有诚意邀请你们上车。"

巫真和林菁菁交换眼神后道:"他本人就在车里面吗? 不会等我们进了车后就开个画面和我们开视频会议吧!"

"当然不是。里面的确是李先生本人,所以车子才会特别宽大。"男人恭敬地道。

巫真想,李富邦胆子再大,也不会公然在公路上杀人。这里有天眼监视系统,车子去了哪里,根本无所遁形。

巫真望向林菁菁,她做了个耸肩的动作,表示没有意见。

巫真说:"我们跟你走。"

"请跟我来。"男人保持着礼貌。

巫真和林菁菁跟在男人后面,黑色轿车的车门再次打开,巫真低头一看,李富邦在淡黄和暖的灯光下向他微笑。当然,是那种经专人指导过的公关笑容,和在媒体上看到的一样。

这位八十多岁的老人,看来一点也不老态龙钟,反而神采奕奕。一双眼睛尤其炯炯有神,跟年轻人一样。他接受访谈时称自己每天工作十八小时,看来并没有骗人。

巫真和林菁菁并排坐在李富邦对面。

车门关上后,轿车无声开动,平稳得不得了,几乎感觉不到车在开动。

"要喝什么酒?"李富邦和蔼地问。

"我不喝酒。"

"你现在没开车,有什么好怕的? 难道你怕我在酒里下毒?"

"不,既然你请我们喝酒,一定不会直接在酒里下毒,"

李富邦的笑容不变,"我为什么要下毒? 有什么动机?"

巫真说:"因为陈道好利用光栅杀人,而你又接济过陈道好。虽然媒体上没说,但很多人都把你和杀人案联系起来,你对我们怀恨在心。"

李富邦严肃地回答道:"你们知不知道我在那家光栅公司有投资?"

"没听说过。"巫真答,"不过,光栅系统如果研发成功,第一个受到冲击的就是你们这些地产商,因为光栅可以让人不必住在市区里,而是搬到老远的地方住,也不必忍受长途通勤之苦就能轻松上班。这样一来,你所持有的高价土地就不再值钱。"

李富邦脸上没有怒意,"说得好。那我为什么要投资光栅公司?这完全没有道理啊!"

"你大概是童年时看了太多《星际迷航》,"林菁菁继续道,"喜欢里面的传送门,所以等到现实真的可能有这种科技时,马上投资进去,就当是一件玩具来玩儿,看看最后是不是会成真。可是,等到成真时又后悔了,因为它会影响你的生意。所以你派人进入光栅公司——只有这样才可以破坏光栅的研究——并叫陈道好成了你的棋子。"

李富邦哈哈笑了几声,"你的想象力还真不错。我这人实事求是,讨厌无聊的幻想,别说《星际迷航》,我根本不看电影!"

"你现在怎么说都可以!"林菁菁道。

"我只是想赚钱。我看好光栅是个赚大钱的项目。如果没有我的投资,光栅研究根本无法继续下去。"

"我来说吧,"林菁菁抢过话头,"媒体上没报道,但我暗中查过,你占的只是区区百分之三,连张学然也不如。剩下来的股票都掌握在各大科技投资基金的基金经理手上。"

李富邦眯起眼道:"如果我告诉你,那些科技投资基金很多都是我的,只是利用海外公司名义暗地操作,那你会怎样想?"

"我凭什么相信你?"林菁菁的表情有点难以置信。

"我的财务总监坐在你们前面,要不要和他说几句?"

巫真身前开了个小窗口,后面坐了个中年蓄须的男人。巫真认得他,虽然说不出他的名字,但知道他一直是李富邦的发言人。李富邦的业务很多,遍布各行各业,所以这男人在电视上的曝光率也很高。

"李先生通过海外成立的离岸公司,加上股份互换等种种方式,截至一个月前为止,持有这家光栅公司总值百分之四十三的股份,是最大的单一股东。"

巫真和林菁菁一怔,他们从没这样想过,这情况完全推翻了之前的判断。

以占有土地为目标的地产商,和打破地域所限的光栅应该完全对立。

"怎么不答话? 你是名侦探,不是很会推测动机的吗?"李富邦问巫真。

巫真注视着林菁菁,一脸求助。

林菁菁答:"你直接说吧! 反正我们不一定会全盘接受。我们也想知道你有什么惊人的理由,毕竟有很多古怪的理由都是正常人想不出来的。"

"你们想出什么鬼时间机器,才不寻常!"李富邦笑道,"我和你们的眼光不一样,能看到你们看不到的商机。身为地产商,我打从心底希望光栅尽快研发成功,推向市场,尽快连接全世界。"

"可是这样一来,你持有的土地马上变得不值钱。"

"错了,我在大城市持有的土地不会变得一毛不值,只是变得比较便宜。"李富邦话题一转,问,"你们身上有护照吗?"

"什么护照?"巫真一时摸不着头脑。

"就是出国用的护照。"李富邦笑道,"难道还有别的?"

"这个……有呀!"巫真支吾着,"我们的护照随身携带,方便随时出国查案。"

"你想干吗? 把我们掳出国吗?"林菁菁问。

"对,有些事情要眼见为实。"李富邦问司机,"到了吗?"

"李先生,转个弯儿就到了。"司机恭敬地答道。

"去哪里?"巫真问。

"转个弯儿你就知道答案了。"李富邦笑道。

"这附近只有个小型机场供私人飞机升降。"林菁菁答,"这答案还不明显吗?"

李富邦笑而不答,车子拐了个弯儿后,就进入小型机场的范围,随即经私人通道直接开上跑道。

不像大型机场每一分钟都有飞机升降,这里静悄悄的。那些私人飞机单凭亮丽的外表就让人知道价值不菲,巫真觉得像是来到了航空展。

车子停在一架看来比其他飞机稍大的飞机旁边,自动扶梯已经在出入口等候他们。

"请下车吧!"李富邦也没忘记说一个"请"字,又笑道,"放心,你们是我的贵宾,我不会在五万英尺的高空把你们丢到太平洋里。"

巫真望向林菁菁,她微微点头。他想,如果她敢,自己没理由不奉陪,而且,他也想看看李富邦到底搞的什么花样。

巫真踏出车门,站在跑道上。刚才他们上车时天空还很亮,没想到现在天色已经完全黑下来了。

不过,李富邦的私人飞机在夜色下还是看得出很大,不是比其他私人飞机稍大,而是大得多。

身型矮小的李富邦在他旁边道:"这是目前全世界最快的私人飞机,而且可以不着地绕地球一圈半。别问我用的是什么燃料,我从来没搞清楚过。"

林菁菁问:"那绕地球一圈要多久?"

"八个小时左右吧!飞机刚买回来时,我亲身试过一次。"李富邦道,"但我不是为了绕地球一圈而把这飞机买回来的。"

"你现在想我们陪你绕第二次吗?"林菁菁问。

这时海关人员出现,给他们逐一办理出境手续。

李富邦看了林菁菁一眼道："不，说实话，我不是很想待在天空上，我也不喜欢待在飞机这么窄小的空间里。我无法缩短从这里到纽约的距离，但我可以缩短飞行时间，所以我在私人飞机上花了不少钱。我相信，很多人都抱有同样的想法。"

巫真说："所以你砸大钱投资在光栅上？"

"不只是这样，等到了目的地你们就知道了。"李富邦完成了最后的出境手续，"我们上机吧！"

即使李富邦说窄小，但巫真相信富人对时间和空间的概念跟普通人完全不一样，这飞机内部空间看来比其他私人飞机大得多——他不是第一次踏足私人飞机，早前便乘过一次去跟美国的客户见面。当然，那个美国人再有钱，财产也许只及得上李富邦的百分之一。

李富邦的私人飞机起飞平稳，而且从画面看，爬升的高度很快到达五万英尺，逼近大气层的边缘。

画面终于显示了飞行路线图和目的地：北非摩洛哥城市马拉喀什。

预计飞行时间：三小时。

"没想到你要掳我们到那么远的地方！"林菁菁道。

李富邦答："远吗？才三个小时就可以到了，你开车三个小时可以去到什么地方？我现在用三个小时就可以离开亚洲，去到非洲大陆。你说快不快？如果每个人都有像我这么快的飞机，三小时生活圈可以扩展到非洲，你说多惊人！"

巫真道："问题是没有多少人像你那么有钱。"

林菁菁说："而且，就算乘飞机可达，加上出境入境、机场等候、过关等种种时间计算在内，去非洲少说也要半天。"

李富邦道："林小姐说得没错，正因为有这些额外成本，乘坐长途火车除了能看窗外风光外,还有点对点的直达优势。抱歉我年纪大了,要小睡一阵,你们可以随便叫点东西吃。"

巫真听了大乐,他已开始有点饥饿感,正想趁机大快朵颐,不料一向贪吃的林菁菁只点了简单的三明治充饥,自己只好对空乘说:"我要一样的就好了。"

飞机没用到三个小时就抵达了目的地。这是巫真和林菁菁第一次到非洲,天空还很光亮,机场沿途建筑物全是红色的。

"这就是马拉喀什,"李富邦不知什么时候已经醒来了,"古城区里的房子用泥土盖,而这里的泥土又是红色的,所以就变成这一片红的样子了。"

说话间,飞机已经在跑道上滑行,慢慢停了下来。这机场很小,而且没有停泊几架飞机。

李富邦让空乘替他解开安全带,"到外面看看吧!"

"可是,我刚才看到这外面都是沙漠。"

"没错,一点没错。你们没摸过撒哈拉沙漠吧!来,我们去摸摸看。"

等到巫真去摸那些沙时,已经是二十分钟后。车子把他们送到举目四望全是沙的世界,在这里,一点文明的踪迹也没有。

看得出来林菁菁对李富邦没有多少好感,但她在沙漠上走了一阵后,也终于弯下身去抚摸沙子。

李富邦的财务总监一直跟在他们身边,但这人一直少话,面对黄沙,并没有欢呼雀跃。

李富邦说:"摩洛哥的物价很便宜,欧美很多电影都喜欢在这里拍外景,政府也全力配合。雷德利·斯科特那部《黑鹰计划》便在这里取景,租下一整座城市来拍,那些现场爆炸的战争场面比用电脑动画制作还要便宜。"

巫真也看过那部电影,血肉横飞的战争场面逼真无比——在那个时代,不是计算机动画效果可以媲美的。不过,租下一整座城市来拍电影也实在够夸张了。

李富邦又道:"我和摩洛哥国王很熟,买下了大片土地,这附近一大片沙漠都是我的。不过,当初我跟他说要买沙漠时,他觉得不可思议,问我买沙漠来干吗,我说要盖饭店、主题乐园……他笑说这种鸟不生蛋的地方根本没人来,所以几乎是用象征性的价钱让我租用,期限是九百九十九年。他的想法是让我带动沙漠附近地区的经济发展。"

巫真倒笑不出来,这些地方没人会来,但和光栅这概念连起来后,李富邦到底打的是什么算盘就不言而喻了。

李富邦又说:"很多人都不知道,我在北非、东欧、澳洲等地都以私人名义用超低价购买了大量土地。这些不毛之地跟这个沙漠一样地处偏僻,即使搭飞机去也嫌麻烦。不过,如果利用光栅通行,花个几分钟就可以到达的话,情况就不一样了,这些本来一毛不值的土地,马上会变得值钱起来。我不只可以盖赌场、酒店、主题公园,甚至可以盖住宅和工厂,因为运输成本已经不再是问题,不必再怕石油变贵增加运输成本而要做对冲,更不必买运输保险、意外险什么的……有这么多好处,你说我怎么可能讨厌光栅?简直爱死光栅了。我在市区里的土地会降价,但这些不值钱的土地全部会升价万倍,拉上补下,长远来说反而可以赚进更多的钱。我希望光栅昨天就已经成为民用,飞入寻常百姓家。"

林菁菁不以为然,"你把我们千里迢迢带到这里,原来就是讲这些话。我们对你的赚钱大计没有兴趣。"

"你没兴趣不打紧,你们只要知道,无论如何,光栅系统受破坏,我一点好处也没有,所以,我没有杀人的理由。"

巫真说:"我们也没有说你杀人。"

李富邦脸有余愠,"现在所有人都怀疑我是幕后黑手,我收到消息说这是你们的好朋友陈永仁放出来的,我相信以他的本领是绝对想不到什么时空穿梭杀人的复杂情节,这是你们两个人的成果无疑。不过,我要告诉你们,这次你们错得离谱。所以,我要你们给我找出真凶。我可以另外付钱给你们。"

"你想用钱收买我们吗?"林菁菁问。

"不是这意思。"

"或者很婉转用钱来告诉我们,你并不是凶手,可以排除在嫌疑犯之外?"林菁菁又道。

"我看不出你的两个说法有什么区别,不过,我只想你们找出真正的凶手。这案件跟我一点关系也没有。"李富邦说,"如果你们不想要钱的话,可以指明要我把钱捐给哪个慈善团体,又或者捐钱到医院去,就像我对陈道好的母亲一样。这样一来,我也无法收买你们。我只想你们还我清白。"

"那更厉害,你是收买我们的心啊!"林菁菁笑道。

李富邦不禁笑了出来,举手在胸前道:"总之,我的自辩理由是,我无法从光栅失败里获得任何利益,反而损失惨重。没有光栅的话,我在海外持有的很多土地都会一文不值,除了养老鼠以外一点用也没有。"

"那是你的事,与我们无关。"林菁菁说得很决绝,"你不会因为我们不合作而把我们丢到沙漠里等死吧?"

"当然不会。杀了你们的话,谁来帮我调查?"李富邦轻描淡写。

"谁答应过帮你调查?"林菁菁问。

"你们嘴巴上没说,但你们两个人的眼神都告诉我一定会。"李富邦自信满满地笑道,"你们两个很清高,不会被钱收买,但是,我只要丢出一个谜团,你们就会被好奇心驱使,非要找出真相不可。"

巫真望向林菁菁,她看来确实如此。不过,自己是经过很长时间的合作才了解她,而李富邦仅仅几个小时就做到了。

巫真和林菁菁在回程的飞机上睡着了,可惜这一程飞机只要三个小时,他们觉得好像只睡了一阵就被叫醒,要返回车子上。

"林小姐,你为什么要做侦探的助手?"李富邦突然没由来地问。

林菁菁有点愕然,但很快就道:"没什么特别原因,就是看到招聘启事所以去应聘。"

"你这女子很不简单呢!大侦探,你的助手很可能日后超越你,自立门户。"

巫真稍稍迟疑了一下,"这我不担心,我很有容人之量,也欢迎良性竞争。"

"你的心态很好。"李富邦说,"我们商场上就不一样,大家常常要打个你死我活,而且也有很多出师后就翻脸无情的家伙。"

三人接下来一路相对无言,李富邦把他们送回家门口。巫真和林菁菁下了车后,李富邦并没有下车,依旧留在车里。

"好好给我找出真正的凶手。"

"我们从来没有答应过你。"林菁菁回头道。

"你会的。"李富邦再次展现他的招牌笑容,"因为你回头了,而且我在你的眼里看到了不安。"

车门关上后,两人目送车子绝尘而去。

"他的话可否当真?"巫真问,"他是不是真的拥有那些海外土地?"

"这个花点时间就可以查出来。"林菁菁道,"不过,就算他的话不假,也不排除他其实花了更多钱投资在很多光栅研究的项目里,只有毁掉其他光栅研究的项目,才能让对他自己最有利的独大,赚更多的钱。"

"怎么这案子变得愈来愈大,大到我们几乎吃不消?! 可不可以只是单纯的密室杀人或者分尸?"

"密室杀人或者分尸也不简单啊! 难道你忘了有个利用占星术的分尸案在四十年后才破案?"

巫真叹了口气,"打从一开始接这案子,我就掉进迷宫里找不到出口。"

"你冷静地想想,是不是只有时间旅行才是唯一的解答方式,有没有其他的?"林菁菁饶有深意地问道。

24. 董事局

　　张学然踏进电梯后，又不自觉地凝视着镜子里的自己。

　　他这天很早就醒来。虽然肉体还没恢复，仍然很累，但破了案，他太高兴太兴奋了，大脑很活跃，彻夜难眠。

　　天亮后，他迫不及待地好好洗了个澡，把衣服烫得平平顺顺的。

　　当下镜里的自己，已一洗近日的颓风，恢复到光光鲜鲜。昔日那个科学天才又回来了。

　　电梯门打开，他发现董事局全体成员一大早就聚集在大堂等待自己，像电影里警察拔枪以半圆阵列瞄准电梯般。

　　"福禄寿"站在最近的位置，以很是恭敬的方式向他问好。

　　"我们不是约好在会议室碰面吗？"张学然问。

　　"没错，不过，我们觉得还是先在这里见一见你。"阿福道。

　　——真是一群趋炎附势见利眼开的家伙！

　　张学然打从心底瞧不起他们，不过，他和他们只是共生的关系。他需要他们的钱，他们需要他的脑袋，彼此之间没有什么感情。

　　他们簇拥着他前往办公大楼的会议室。

他被安排坐在长桌的上座,那张特大的真皮椅子是特别为他设的,之前没见过。

如今他的情况,不同于早前如审训罪犯似的面临着巨大的压力,当时他们脸上都流露出秃鹰追捕猎物时的表情,如今却像是家庭会议,每人都挂了笑脸,想营造一种一团和气、暖洋洋的氛围。

"福禄寿"理所当然地坐在张学然身边。

"最近辛苦你了。"阿福笑道。

"我只是想找出真相。"张学然冷冷答道。他早就看穿他们这盛满笑意的假面具。

"既然你好不容易找出真相,我看不出你为什么要辞职?这很没理由。"

"我太累了。"

"你可以放一两个星期大假后再回来,我们也可以掏钱找几打最好的专家来帮你。当然,不可能比你好,你是最顶尖的。"

其他人陪着点头。

张学然知道阿福给自己戴高帽,可是做得太露骨。

"谢谢你的赞赏。我相信你会找到其他更好的人才。"

阿福马上转移策略,"你是不是要去别的团队?他们付你多少钱?我们可以付双倍。"

"我没有别的地方要去。"张学然说的是实话,"真的。"

"我们打开天窗说亮话。为表诚意,我们不止愿付双倍,你开个价出来,只要在我们能力范围以内,一定可以做到。如今董事局的人全部都在,我们说了算。"

"对。"阿寿说,"就算董事局拿不出,我也可以私下付给你。我们可以替你在海外银行开户口,把钱汇过去,你连税也不用交。如果你没有这种户口,我们可以替你安排,三天内就可以办妥,你一毛钱也不用出,就能拿到很多钱。"

张学然心想：全是钱钱钱！

阿禄补充说："放心，没有问题的。你不是政客或者大商家，而且也没有花公家一毛钱，不涉及公众利益，政府不会花力气去打探。"

"你们搞错了，我并没有地方要去，我只想退下火线。科学研究太辛苦了，我不想一辈子都这样，想留下点时间给自己。"

"你走了，我们的光栅系统怎么继续下去？"

"放心，我并没有带走光栅，你们找来的专家只要循着现有的研究方向，就能继续走下去，而且也会轻松得多，毕竟最困难的一关，我已经替你们走过了。"

阿福问："我不明白，为什么你会放弃自己的研究？ 你说过，光栅就是你的生命。你不再做科研，不但是科学界的损失，你自己接下来的日子怎样打发？"

张学然没正面回答，"我去意已决，你怎么说也没用。"

阿福又问："你早前买下来的那些股票怎么办？"

张学然心想：也许这才是今天会议的重点所在。毕竟，这个光栅公司现在前景看好，早前他趁低吸纳的股票的暗盘价已经疯狂上涨了一百五十倍——当然很多泡沫，股票买卖其实一点也不理性。

"我打算全部卖掉。"张学然答道。

"全卖?!"董事们睁大眼睛，一脸难以置信。

"我不懂股票这种东西，打算见好就收。"

"你的持股量现在有多少？"

"大概百分之十五左右，不多。"张学然道。"不多"指的只是持股量，但换成现金就是天文数字了。

董事们陷入沉默，大概在盘算他手上的股票日后会升到多高，值多少钱。

也许更重要的是,怎样瓜分他手上的股票。

"你打算卖多少钱?"阿福问,一双眼睛露出贪婪之色。其他人也一样。

张学然知道对方已没有兴趣再问自己的去向,毕竟,投资科技的人,并不是对科技有热情有抱负,而是希望投资的项目能获取巨额回报,如中六合彩。

张学然看透了他们。

他扫视现场一众吸血鬼,以不急不徐的口气道:"我接下来就会和你们谈。"

25. 逃 亡

巫真难得一连两天可以留在办公室里。光栅那案件已被抛到九霄云外。

他终于可以好好回复电话。为应付这个传媒所说的"光栅谋杀案"，他把很多查询一拖再拖。整个早上，林菁菁听到巫真至少回复了十个客户的查询电话，内容千奇百怪。

死在别墅的密室里，死在私人飞机的浴室里，死在五星酒店的总统套房里——全部没有入侵迹象。

又或者：要找出父亲五十年前遗书里的暗号，外婆在五十年前的外遇对象，阿爷年轻时风流后有没有留下其他孩子。

也有些没这么沉重：狗狗散步后衔回来的高级牛皮高跟鞋属于哪个美女，某年某月某日在机场贵宾室里见过一面的俊男是谁，三十年前的小学女同学现在何处。

挂上最后一个电话后，巫真一脸失望。

"什么事？"林菁菁问。

"张学然昨晚辞去光栅公司的工作，不动声色地离开了科技岛。"

"我一点也不意外。"

"一句道别也没有,真不够意思,亏我们替他做了那么多,让他的光栅起死回生。"

"他当然要不动声色地走,难道赚了一大笔钱还不快走?!"

"他赚了大钱?"巫真一脸惊讶。

"你还没看今早的新闻吗?"

"哪有时间? 你又不是不知道我今早打了多少个电话?"

"我叫你每天醒来要马上读报看杂志留意消息。董事局说,张学然打了这一仗后大受打击,所以才离开,连新闻发布会也没有出席,像火烧屁股一样走得匆匆忙忙! 你不觉得有什么问题吗?"

巫真反问:"有什么问题?"

"董事局说张学然自称不懂股票,所以把股票全部卖掉,可是那天我们听他在电话里谈收购股票时却说得头头是道,一点也不像外行人。"

"他谦虚而已,而且,他的算法只是简单的加减乘除,不是很专业的算法。不过,他这一买一卖,应该赚了不少吧!"巫真说。

"根据报道,他以公司转让的方式低价购入股票,卖价虽然没公开,但肯定不是翻两番那么少,而是翻了过百倍。不管是谦虚还是别的,他这一买一卖做得非常漂亮,保证他衣食无忧十辈子。"

"十辈子? 那好厉害。我早就说过,他非常聪明。"

林菁菁的表情有点不屑。

"也许是聪明过头,连我们也遭他暗算。"

"你说什么?!"巫真的语气不再轻松。

"难道你真的以为他无意中发明了时间机器出来吗?"

"不是吗?"巫真见林菁菁没答话,又说,"只有时间旅行才能解释这一切,而且这是我们抓破头才想出来的答案。"

林菁菁站起来,沉思着踱起步来。

"是抓破头皮,还是被误导,你自己最清楚。"

"你说我们被误导?"巫真也站了起来。

"你是经常看到张学然手上那本《五号屠场》才得出这个结果的吧? 这是三岁孩子也能推想出来的答案。"

"如果不是时间旅行,你怎样解释那些事情?"

"很简单,根本就是两宗独立的谋杀案。他把两起谋杀案扭在一起,让我们以为两个死者互相杀死对方,这样一来,真正的凶手才能隐身在暗处。"

"那时间旅行又是什么一回事? 不是只有用时间旅行才能解释吗?"巫真问。

林菁菁说:"当然不是。就以第一宗谋杀案来说。我们想过很多方法,可是结果通通都不是,甚至还想过切除一层很薄的皮层让头颅和躯体分家,但也只有推论没有证据。不过,还有一个可能就是把陈志伟的头和身体分两次传送。第一次只传送头。没有躯体的头送到后,就掉到地上,接下来才送躯体,这样就身首异处。"

"可是他说技术上不可行。"

"当然是骗我们的,反正我们也没有向其他专家查证过。"

巫真感到心头一凉,"所以那次传送才要花超乎寻常的长时间,因为真的要等头颅传送完成才传送躯体。其实是做了两次传送?"

"没错。原理其实非常简单。"

"这么一来,第二宗谋杀案就更简单,张学然杀了陈道好后,只要利用第三道光栅离开案发现场就行了。"

林菁菁补充:"我们一直误以为光栅传送失败,但他知道真相根本不是那一回事,所以一点也不怕。"

"不过拿自己的性命来做试验,太大胆了吧!"

"你别忘了有陈子慧的狗。她说张学然曾经为她遛过狗,不只是要让那狗熟悉那个计算机房,还用过狗来做传送试验。"

"不过是条狗!"巫真说。

林菁菁学张学然的语气道:"只要一个宏观的生物可以穿过去,其他生物都可以。拿人来做试验只是做给人看的。"

巫真记得有这么一句,"那张学然又怎样把陈道好引去案发现场?"

"随便找个借口都可以。张学然是权威,陈道好再有自己的想法,也会跟他走一趟,而且还会刷自己的职员卡,只是没想到迎来的却是杀机。张学然身材高大,要应付陈道好不难。他只要乘陈道好不留意时,耍点手段,把陈道好绊倒,再把头击向矮柜的尖角就足以致命了。"

"可是陈道好身上有武士刀,我不相信她会坐以待毙。"

"那把刀是张学然自己一早准备好的,事成之后才把陈道好的指纹印上去。"

"那些B型血又怎样找来? 总不能在网络商店买到吧!"

"我猜可能是以前他们拿过一些人类血液样本来做测试什么红血球白血球之类的传送研究,张学然就是拿了这些样本洒在现场。这个我们可以去查。"

巫真好不容易才把旧的想法和洋洋得意摒弃掉,再把新的想法塞进大脑里,把整个故事在脑里重新编排了一次。

"好可怕的对手啊! 你怎么不早说?"

"我就是要张学然露出狐狸尾巴啊! 这次的谜团有两种解法,唯一分辨方法就是看张学然最后的去向。如果是真的话,他既然咬紧牙关解决难题,一定会留下来直到水落石出。如果他急着要逃,表示时间旅行根本是假的,根本无法复制,稍后就会穿帮,所以他马上卷了钱要逃。"

"我不明白,就算不是什么时间机器,光栅本身也可以赚大钱,为什么要冒这个险来个惊天大谎言,而且早晚会让人家揭穿?"

"这点你最好亲自问他。"

"他不是已经远走高飞了吗?!"

"我今早看了新闻后,用你这神探的名义,把真相告诉了光栅公司,叫他们想办法留住他。他们应该已经报了警而且布下天罗地网。"

"你怎么不早说?"

"急什么? 等他们通知他落网就行了。"林菁菁好整以暇,走去冲咖啡。

巫真在沙发上重新把事情从头到尾仔细好好想一遍。

——难怪怀疑林子修时,张学然完全不相信……

没多久,电话就响起来,林菁菁跑去接听。

"怎会现在才跟我们说?"

巫真目睹林菁菁脸上的笑容收起来了,看来大事不妙。

她又问:"知道他去了什么地方吗? ……可以查出送到什么地方去了吗? ……好,我们自己想办法。"

挂线后,她对巫真说:"你这同学失踪了。"

"怎么会失踪? 他大不了就是在城里无法出境而已。"

"不,他早前把那个第三道光栅运出岛了,没人知道运到了哪里。"

"关第三道光栅什么事?"巫真转念想到,"他不会利用光栅逃亡吧?"

"正是。根据记录,他没有离开那岛,但警方找遍整个岛也找不到他,但岛上的光栅有个今早传送的记录。"

"天啊! 他还真大胆! 那可以查到那个第三道光栅送到什么地方去了吗?"

"不行,他是找了很多家运输公司接力把光栅运走的,现在警方还在一层层追查,等他们查到时,他早不知溜到什么地方了。"

巫真觉得难以置信，"这样逃亡离境也太聪明了吧！"

林菁菁说："其实到现在我还是不明白，他为什么要骗我们而且还要逃走？是因为光栅运作完全正常，还是他的脑袋很不正常？"

26. 布宜诺斯艾利斯

　　出了光栅后,张学然终于松了一口气,但是面前几个人似乎吃惊不小。

　　他们只是一些大学的机械工程系学生,是自己早前在网络上找来的,听从张学然指示把光栅组合起来,并由他利用手机在网络上全程监视,先把阿当成功传送过去,他才敢自己亲身去试。

　　这样一来,自己应该是目前为止利用光栅传送最远的人,可以申请吉尼斯世界纪录。不过,他不打算申请,因为他不想有人知道自己已来到地球另一面的布宜诺斯艾利斯。

　　之所以挑这个地方,是因为此处很适合逃亡。只要有钱,很容易在这里隐姓埋名住下来,二战后,不少纳粹军官都逃到这里来安度余生。很多作家还以此为题材写有小说,包括他很喜欢的弗雷德里克·福赛思写的长篇惊悚小说《奥迪萨密件》。

　　他没有杀人,所以,他不打算在这里度过余生。

　　他会付钱请个韩国整容医生过来,给自己帮个忙,然后再付钱办一本合法的护照改名换姓,等几年后风声不紧了,就搬去瑞士居住。

　　既然有钱,逃亡也可以很优雅,应该住在像样的发达国家里,为什么要像老鼠一样不见天日？

所以，早前他不惜花大钱，请了十多家公司轮番接力把光栅运到这里来，就像运那把刀一样。

警方有心要查的话，也许可以查到这里来，但等他们查到时，自己早就开溜了。

地球的这一边已是晚上，他来到一家看来不错的饭店入住。这是一座少说有半个世纪历史的老建筑，里面有三十多个房间，据旅游指南说治安比较好。他在此地到底是外国人，不想太张扬，不想入住后遭遇入屋行劫。破财事小，被灭口事大。

他戴上帽子进入大堂时，负责替他办理登记手续的是个英文有很重西班牙语口音的中年男人。

张学然取出相当于一个月房租的钞票，放进信封交给男人，"我想住一个星期，但没有护照，也不想公开身份。"

"先生，没问题，就包在我身上。"男人把钱收下，打了个电话后，把一套钥匙交给张学然，"你要买什么或者需要帮忙的话，千万别打电话，找你那层的那个人就行了。"

张学然点头，原来是这样运作的。他入住的事只会有两个人知道。当然，愈多人知道，对分的钱愈少，而自己的风险则愈大。

进了房间后，他马上开电视收看新闻。几个大的国际新闻频道都没有提到他，报道的都是与金融相关的新闻，和他原本预计的情况相去甚远。

也许，外国的新闻报道焦点根本就不一样，又或者，巫真等人还没有发现到底发生了怎么一回事。"福禄寿"等人仍然在开派对庆祝，其他队员在重新试验光栅传说。这样也好，自己可以再多几天计划下一步的逃亡路线。到手的钱已经用了很复杂的方式从一个个户口转移到目前的海外户口，没有人可以追查得到，更别说冻结。

他虽然没有睡意，但洗了澡后还是小睡片刻，醒来时已入夜。

虽然不是搭飞机，但时差仍然存在。

他留意晚间的新闻报告，始终不见关于自己的报道，他不知道到底是好事还是坏事——是还没有人发现，还是这事不够大不够资格上国际新闻？

他想起巫真身边的林菁菁，她才是厉害角色，不声张，像老虎般慢慢接近，等到你发现时她已经在你身边。

一念及此，他马上关电视关灯，走到窗边，拉开窗帘布的小小一角，只用一只眼睛窥看。

由于国情不同，所以这条大马路即使在大白天也没有多少人和车。不过，今晚的此时此刻居然比白天的车更多，而且每辆车上面都坐满了人，人人都打起十二分的精神，随时准备行动。

此外还有好些行色匆匆的男人，边走边打手机。

张学然大感不妙。这批人虽说还没有行动，但随时会出击，乘他们还没有来到这里前，还是走为上着。

因为刚才那些人里，有个人的身影看起来很熟。

张学然再探头去看，那人好像是巫真，不，肯定是他没错，因为坐他旁边的正是林菁菁，她那个聪明相张学然一辈子难忘。

天，他们怎么可能这么快就找到这里来？乘飞机就算不转机，少说也要十个小时呀！

张学然本来以为至少可以在这饭店里留个两三天，但现在肯定不宜久留。他要想办法离开这饭店。

巫真利用笨拙的口译机，好不容易才安排警察把饭店所在的建筑物重重包围。

张学然入住房间的灯一直亮着，等关上时，巫真就会叫警察破门而入把他抓个正着。

本来他无权要求阿根廷警方合作,但李富邦最不缺的就是钱,而这个全世界通用的语言在阿根廷一样畅通无阻,反而英语在这里不见得通用,大部分警察根本连基本英语也听不懂,这是西班牙语统治的国度。

两个小时后,那灯还是一直开着。警察早就各就各位,而且已经等得不耐烦了。

"进去吧!"林菁菁在手机里道,"免得夜长梦多,我还想回家睡觉。"

"也好。"饭店大堂里的巫真一挥手,身边的警员随他一起乘电梯上楼,去到那个房间门外,用备用钥匙轻松把门打开,冲了进去。

灯是开着的,电视也是开着的,浴室的水龙头也是开着的,但人却不在,而且最重要的是,一点个人随身物品也没有。

枕头是冷的,床也没有被人睡过的痕迹。

巫真打电话向林菁菁报告:"他不在了,而且故布疑阵。"随后把房里的情况简单说了一遍。

"他好聪明呀!怎看得出来的?"林菁菁道,"把电视转到饭店自己的频道,看他们是怎样介绍自己的。"

巫真听她说的一一去做,很快就答:"我知道他怎么发现的了,饭店提及他们去年被李富邦的集团收购,目前正逐步提升硬件和服务水平。"

原来巫真在张学然失踪后,马上向李富邦求助,对方迅速向集团旗下所有饭店发出通告,如果能提供线索找到张学然下落,即可获得重赏。

果然没多久就收到回复,李富邦不只转告巫真,还借出私人飞机,让他们可以在三个小时内赶到南美洲。

林菁菁说:"看来错不了,他一听到和李富邦有关就觉得不妥,所以马上脚底抹油离开。"

巫真问："他接下来会去哪里?"

林菁菁没有多想，"他应该是准备在这家饭店住上好几天，否则不会付下慷慨的打赏，离开是临时起意的。这个城市本身就不安全，离开的话就更危险。我相信他人生路不熟不会乱走，更不会离开。我看他现在很可能就住在附近的饭店里，而且这样一来，还可以留意这家饭店的动静，看有没有人来找他。"

"就在附近的饭店?"巫真很是怀疑，"这是你一厢情愿的想法吧!"

"不信你就试着找找看，"林菁菁说，"反正这里附近的饭店也不多。要跟我一起找，还是分头找?"

巫真不明白连光栅也可以发明出来的时代，口译机为什么仍然笨得惊人。他没有耐性再花时间在那些笨警察身上——也许他们并不笨，只是想索取更多服务费——讲解下一步的行动，而是跟林菁菁直奔最近那家饭店。

她去前门，他去后门。

此时一对男女正离他远去。男人戴了帽，手还亲密地搂着女人的小蛮腰。

不过，巫真觉得那人的背影实在很像张学然，便走过去，喊了声"张学然"。

那人没有停下脚步，继续向前走，但走路的姿势有点不流畅，这是只有听到自己名字才会有的反应。

"你别走!"巫真喊道。

那人果然没走，停下脚步，而且推开身边的女人，回过身来，手上多了一把枪，枪口直指巫真。

"你再过来，我就开枪!"换了一身花花绿绿服装的张学然一双眼睛像要喷出火来似的。

巫真没想到他手上会有枪,不过在这个国家要买把枪有什么难?说不定就是已经开跑的女人卖给他的。她看来就是在饭堂活动的妓女,有枪傍身一点也不奇怪。

而自己身上别说枪,连刀也没一把。

"把枪放下吧!万事好商量!"巫真说,"看在老同学份儿上。"

"看在老同学份儿上,你就放我一马吧!"张学然哀求道。

"老兄,你脚底下踏着两条人命!"巫真说。

张学然答不上话来,反而说:"你苦苦相逼,穷追不舍,只是想证明你有名侦探的实力吧!"

巫真一怔,三秒后才道:"我不知道你在说什么。"

张学然嘴角挂笑,"你少骗我了,你根本不是什么名侦探。"

巫真觉得心跳开始加速,但仍处变不惊,"你说得没错,我只是个寻常不过的侦探。和你不一样,我知道自己的斤两,名侦探的荣耀是人家给的。我一直抱平常心去办案,从来没有轻敌。"

"你怎么到现在还不敢面对现实?!你比我还不如啊!"

"我不知道你在说什么!"巫真觉得自己的脸像被火烫。天啊!被他发现了。

"其实你根本不是侦探。你只是侦探的助手,真正的侦探——名侦探——是你身边的林菁菁小姐。我怀疑她怕女性身份会遭人白眼,所以找了憨直的你做搭档,还让你饰演名侦探的角色。"

巫真左思右想,终于不再否认,叹了口气,"你开始也没想到她才是真正的王牌吧?"

"我认识你多久了,少说也接近二十年吧?我知道你根本不是什么厉害角色,如果林菁菁只是助手,我更加没放在眼里。如果只是这样的实力,你们一定会被我误导过去。我就是输在这一点。"

林菁菁和其他警察终于赶到,警察们拔出枪来,把张学然包围了。

"真正的大侦探终于来了。叫他们把枪放下,"张学然喊话,"不然我死了也要找人陪葬!"

巫真见状,忙用口译机示意众人把枪放下。

林菁菁手上没枪,却一步步向张学然走过去。

"你别再过来,不然我开枪!"张学然警告道。

"尽管开吧!"林菁菁又说,"你这辈子没拿过枪的,对吧?"

张学然自信满满道:"是又怎样?你再走过来的话,我一样可以打中你!"

"那就开吧!"林菁菁没停下脚步,说,"看看开枪杀人是什么滋味?"

张学然双手同时握枪,"我最后警告,我会开枪的,不是开玩笑。"

"开吧!"林菁菁挑衅地说。

张学然把枪口提高,打算开枪发出警告,不料扣下扳机后,虽然冒出火光,也响起枪声,却不见击中什么。他准备再扣时,林菁菁已经抢到跟前,脚影扬起,把他手上的枪一脚踢飞。

张学然还没来得及反应,肩头、小腹跟小腿已经被连环踢中,不禁倒下哇哇叫痛。

他抬起头时,一众警察已冲上前,其中两个把他按在地上,将他的脸贴到水泥地面上。

"你要跟我们回去,不过,不是用光栅。"林菁菁冷静地说。

张学然被锁上手铐后爬起来,愤愤不平地问巫真:"那把枪怎么了?"

巫真一脸茫然,没有回答,倒是林菁菁道:"那枪里是空包弹,没有弹头。"

"你怎么知道?"张学然望向巫真,对方看来同样不明所以。

"很简单。你刚才碰到的那个女人,其实是我安排的女警。我不想在饭店里和你正面冲突伤及无辜,所以专门这样安排,让你可以找到女人掩护你出来。果然,走投无路的你就跟着我的剧本来演,几乎分毫不差。"

"那你为什么不出了酒店就抓我,还让他拿枪指着我这么半天!"被吓得不轻的巫真抗议。

"我乐意。"林菁菁满脸坏笑。

张学然不知该赞她聪明还是恨她狡猾,但一旁的阿根廷警察已开始全体拍手。

27. 警　局

　　"我是个没有才气的科学家,有多少斤两我自己最清楚。"

　　这是沉默多时的张学然回到城里开口说的第一句话。这时,他已戴着手铐,坐在看守所里。他那乱七八糟的头发加上须根,和以往在媒体上天才科学家的风采判若两人,那副落魄的样子岂止是生意失败,简直像把三代祖传的家业全部输了个精光的样子。

　　这个五天前还登上世界各大报刊头条的著名天才科学家,如今仍然在全球各媒体上现身,但头顶上的神圣光环已经消失得无影无踪,他的信誉已经彻底破产,永远无法翻身。

　　版面上充斥的语句是"科技骗子""庸才装天才""惊天科学骗局"等。

　　巫真听从林菁菁的建议,几天来特地连续买了以此为头条和封面的报刊杂志,把相关报道反复看了好几遍。即使巫真介入案件这么深,记者还是有办法挖到连他都不知道的事情。

　　他去看守所前买了最新一期的杂志,封面是张学然坐在囚车里的样子。内容一点新意也没有,只不过是在做总结——根本就是骗钱。

　　"为什么你要骗我们?"巫真问。

张学然打从进来后，一直垂着头，不敢正视巫真，这会儿才稍微把头抬起来。他的手一直放在桌下，不过巫真没有忘记那副黑得发亮的手铐。

"你们全部都搞错了，是我实在无法再骗下去了。"

"什么?"巫真感到另一个冲击即将降临。

张学然偷望了林菁菁一眼。

"这光栅系统，并不是我研究出来的。"

"不是你是谁?"巫真追问。

"光栅早在我接手前，我的上一任已经把技术构思了出来。"张学然道。

巫真不是很明白，望望林菁菁，她没什么表示。她不是没有反应，而是擅长掩饰自己真正的反应和感情。

张学然继续道："但他来不及完成就撒手离世。我是他的得力助手，只是根据他遗留下来的研究大方向照着来做。"

"光栅不是你弄出来的?"巫真仍半信半疑。

"当然不是，这种东西只有天才能做得出来。我的上任才是真正的天才，是那种能够悟透宇宙、明白很多事情的人。我望尘莫及。"

"你是天才啊!"

巫真觉得应该坐在面前的，不是过去半个月他见过的张学然，而是当年那个瘦小的张学然，那个据说开校以来成绩最好的张学然，那个前途无可限量的张学然。

"我很聪明，考试每一年都拿第一名，但我只是资优生，还不是天才。是你们把我变成天才，捧我做天才。我根本不是那种人物。"张学然说得很是感慨。

"我有点糊涂了。现在世界上不是有好几个光栅团队吗? 这种东西根本不用天才就能发明出来吧?"

"是有不同的团队。不过,每个团队,都有一个天才般的领军,这是天才交战的战场。而我,并不是天才,只是时势造英雄,领了功。"

"那你只要安分守己就是了,反正你领导的团队已经第一个做出光栅来,占尽先机。"

"我们只是暂时领先,也许会在史册上留名,但那又怎样?我们的光栅系统有一个很严重的技术瓶颈,就是传送一次后,那个传送空间里有些物理状况会被改变,要三天后才恢复正常。你们明白那意思吗?就是光栅要三天才能使用一次。"

巫真回想起来,"难怪我们去到岛上的第一天,你怎么也不愿意示范给我们看,因为三日之期还没有过去!"

张学然点头,"这个说不定就是我们的技术限制,我们的光栅因此也永远无法转为民用。这只会是个很有趣的玩意儿。很多同僚都知道这一点,但都心照不宣,希望找到适当机会跳船。我们这个研究注定只是一个阶段性的产物。其他团队的光栅研究速度虽然慢,却似乎没有这问题。我相信他们很快就会赶上来,把我们的光栅淘汰掉。"

巫真不明白详情,但总算知道张学然讲的是什么。

"所以,你才打算把光栅装扮成时间机器,狠狠赚最后一笔。"

"换了是你,也会这样做吧!"张学然说,"我已经厌倦了科研的压力,厌倦了应付董事局里的那些人和什么基金经理,他们全部都是秃鹰,根本不知道科研是什么一回事,只要有利好消息就把股价炒高,再大赚一笔。他们眼里只有钱。我们的心血只不过是一堆数字一堆钱。"

"你还不是一样?"巫真不以为然,一盆冷水泼过去说,"你骗了其他科研人员的钱,他们在你心中也只不过代表一堆数字吧!"

张学然冷笑一声道:"幸好有我出手,不然他们只会眼睁睁看着股价一飞冲天后又莫名其妙滑下来,最后也值不了多少钱。我只是预先帮他们取回一点剩余价值而已。"

"一点说服力也没有。难道你杀了陈志伟是为他好?"

"你知道谁是第一个试管婴儿吗?"张学然反问。

巫真当然不知道,还没来得及回答,张学然已经继续道:"你当然不会知道。陈志伟一直想挂着第一个穿过光栅的头衔成为名人。可是,要是以后每一个人都可以穿过光栅,他这头衔就无法混饭吃一辈子。他一路平安无事活下去,还不如死得轰轰烈烈,起码可以成名,可以让全世界为他感到可惜,让他的著作因此受人瞩目。如今我帮他做到了,他应该感谢我才对。"

成名?! 巫真还没发现这光栅对人类文明有什么伟大的贡献,就已经发现了一堆怪物:冒充天才来杀人的科学家、急于成名的受试者、唯利是图的投资者。人类文明中最丑陋的东西都在里面,也许,这一切根本就和人类文明的发展伴随始终。

沉默多时的林菁菁终于发难:"你把自己说得这么伟大,要不要梵蒂冈册封你为圣人?"

张学然说:"我刚才已经说过,我只是个凡夫俗子,只是想好好把握机会而已。才不过几天前,你们每一个人还会当我是天才,仰视着我,听我指示。我一次又一次误导你们,叫你们筋疲力尽,把你们的力气一点点地消耗掉。到了最后,我丢给你们的不管是什么,你们都会当真。"

林菁菁继续道:"你知道我最讨厌你的是什么? 就是你狠狠利用我们对你的信任,玩弄我们的友情,布这么大的陷阱来误导我们,让我们成为你的帮凶,成为你犯案的工具。亏我们还这么信任你。"

"说是利用,也不是我的错,而是社会的错。"张学然说得理直气壮,"社会一直都在制造这种金字塔,要下层的人为上层服务。

我只是好好加以利用而已。"

巫真还想要说什么来反击时,张学然已对着他道:"别的不说,就像在学校里,我一直都上台领奖,你永远只能在台下眼巴巴看。我虽然不是顶级的天才,但还是精英学生,永远凌驾在你们之上,是主角,而你们只是配角,只能鼓掌,而不是站在台上接受掌声。整个社会制度就是这样。"

巫真突然站起来,身体向前俯,举起拳头向前一挥。

张学然想避开,但避无可避,被拳头狠狠击中鼻梁,鼻血很快就流了出来。因为他的手仍然被铐着,只好用手指直接去揩擦鼻血。

"你打我也没用。世界就是这个样子,只有优秀的人才能傲视同侪,才能改变世界。"

"你醒来没有?你的话完全自相矛盾,你不过是在浑水摸鱼。"巫真说。

张学然说:"就算是浑水摸鱼,我自问起码也比地球上其他百分之九十的人要强得多。"

林菁菁道:"你知道你自己最大的缺点是什么?就是自视过高,大头症非常严重。要是你比我们优秀得多,现在你已经瞒天过海了,而不是坐在这里,双手还被拷起来。"

张学然用衣袖揩去鼻血,沉默良久后才道:"你连纸巾也不给我一张吗?"

巫真望向林菁菁,她没有表示,但他最后还是掏了一张纸巾出来,递给张学然。

张学然接过,慢慢把鼻血擦掉后才道:"你知道我怎样识破你们调换身份的吗?就是发现巫真你下很多决定前,都要望向林菁菁,看她有什么反应。"

听了张学然这一说,巫真才觉得好像还真有其事,又下意识地去望林菁菁——糟,真的去望她了!

张学然又道:"另外,你提出来的问题都很普通,早在我的预料之内,我早就有防范也早就想好了答案。倒是林菁菁提出来的问题,往往很有杀伤力,让我始料不及。开始时我不以为意,毕竟菜鸟上路,往往瞎整一气。但她提出来的问题愈来愈不简单,杀伤力愈来愈强大。这时我才知道,她才是真正的侦探,但为时已晚,我的把戏被看穿只是迟早之事。"

林菁菁得意道:"要是你知道我的厉害,一定不敢乱来。"

"不,早知道的话,我会布置得更精密。我只是差那么一点点就成功。"

巫真说:"不,你从一开始找我们就错了。"

张学然慨叹再三,"再让我重来一次的话,我一定会成功。"

巫真道:"不,你不会有这机会,我相信你下半辈子无法离开监狱,就算可以假释,也是很久以后的事。"

林菁菁又说:"除非监狱里有真正的光栅,到时你还可以用你的聪明才智想个越狱的方案。"

巫真想起当年那个获老师赞赏、同学称羡、前途一片光明的势必成为人中之龙的天才学生。相信当年没人想到这么优秀的人会犯罪,会成为阶下囚。

张学然没多说话,而是眼神茫然,若有所思。

也许事败,对一直在辛辛苦苦骗天下人的张学然来说,是最彻底的解脱,好让他可以面对真正的自己,而不是继续留在用沙堆成的高塔上整天担惊受怕。

高处不胜寒,特别是被逼送到高处的人。

巫真和林菁菁站起身时,张学然问:"那篇访谈里想回到过去的主角,其实是林菁菁吧!"

"对,没想到会被你利用。"林菁菁答。

"该怎么说……"张学然的声音变得沙哑,低头沉思良久后才站起身来,锁上手铐的手放在膝上,向前鞠躬,泪水滴到桌上,"真不好意思,请你们原谅我。"

巫真回过身来,想起在布宜诺斯艾利斯包围张学然时,他开的那一枪并不是对着林菁菁,而是瞄向半空。

这家伙的确杀过人,但在最危急的关头,他还是找回了自己。

28. 正义的朋友

　　"有些事还是要由警方出马！"陈永仁自吹自擂，脸上挂了大大的笑容，心情好得不得了。

　　林菁菁很想踹这可恶的警察一脚。

　　"在这里的，除了张学然外，还有做系统管理的那个光头男。张学然把他供了出来。破坏所有保全系统记录的，就是他；把张学然伪造的日记利用备份系统推到陈道好计算机里的，也是他。都说这家伙和本案脱不了关系。这回他在我手上死定了。"

　　"果然还是你厉害啊！"巫真不忘送高帽。林菁菁一直教他，做人别太贪功，先给人好处，人家才会回礼。

　　"过奖过奖。不送你们走了，我还有很多事要忙，等下还要应酬那些笨上司和记者。"陈永仁向他们挥手道，"哦，还有一件事。"

　　"什么事？"巫真问。

　　"我刚收到消息说，陈道好的母亲往生了。"陈永仁收起笑容，压低声量道。

　　巫真一时来不及反应。林菁菁问："这……陈道好总算也给平反了，她母亲知道吗？"

　　"据说她是听了医生在耳边说的真相后才断气的。这样你们

229

会心安一点吧?"陈永仁露出少见的认真表情。

林菁菁认识陈永仁愈久,愈发现他的可爱之处,他才是真正的正义朋友。

警局外,万里无云,阳光之猛烈,几乎叫人融化。

巫真见林菁菁脸上一片阴郁,"被人发现了真相很不高兴吗?"

"我们又不是偷情,被人发现有什么值得不高兴的?"

"那你是为了什么?难道还有尚未解开的谜团?"

林菁菁的心思回到那篇访谈里。

那是第一次访谈,为免出意外,她要记者事先把问题传过来,等她写下答案后,再由巫真背出来——反正访谈这回事,题目都是大同小异。

找出杀老人的凶手,其实是林菁菁的心愿。

她想起那张苍老的脸,那笑容,那老态尽现的手,那微微抖动的瘦小背影。那些遥远的记忆突然一下子全部回来,占据了她的脑海。

终于……她想起在妈妈当面说老人没有出息的几天后,自己一个人在电梯里又碰到老人的场景。老人拄着拐杖,步履蹒跚,好不容易回到自家的宅门口。她向老人道别时,老人向她微笑致意。

"我没钱,但我很快乐。"那也好像是老人同她说的最后一句话。

——对,没钱,也可以很快乐。

这句话到底原话是什么,她早就忘了,但其内涵已潜移默化到她身上。什么金钱和名气,都不过是身外物。

她不想和陈永仁或者其他人较劲,所以,她和巫真掉换了身份,让他代替自己承受名侦探的压力,而她——在别人眼中——不过是个助手,静静地专注地做着自己喜欢的侦探工作。

真正的侦探林菁菁,破解过无数离奇的案件,却无法侦破老人那起简单的小案子。她觉得很不安。她宁愿不要破解那些占尽媒体头条的大案,只想用它们来交换这小案子。是的,她这辈子,只想破这么一个外人看来微不足道的小案子,一个报屁股也上不到的小案子。

她多么希望光栅其实真的是时间机器,那么,她就可以阻止那贼人了。

这个小小的遗憾,永远也无法逆转。

没钱没势的老人,教了让她一生快乐的秘密,而她却无法为他做什么。

"喂,你又怎么了?"

巫真的话把她从回忆里拉回来。

林菁菁用手背快速拭去眼角的泪花。

巫真一脸疑惑——真是个迟钝的助手,连张学然也看出来了!

"我只是为有生之年无法进行时间旅行伤感而已。"

后　记

一

　　我一直都对光栅这种穿过一道门后就可以轻易到达世界另一个角落的高科技构思深感兴趣，不管是十多年前的《换身杀手》，还是几年前的《人形软件》，我都一直没有忘记利用光栅大做文章。而且，在我的作品中，这种设施的名称一直都叫光栅，而不是时空门、任意门。对我来说，光栅就是光栅，是我童年梦想在小说里的延伸。我多么希望穿过一道门后，就可以逃出香港这个"石屎森林"，可以彻底过远离大城市的生活，最好可以去到其他适合人类居住的星球，让自己饰演神的角色去创造出一个新世界来——我相信有时我是想太多了。

　　当然，光栅不是一种简单的技术，我甚至曾经认为，或许这是种不可能实现的科技。后来，我读到了理论物理学家加来道雄写的《不可思议的物理：对光炮、力场、隐形传送和时间旅行世界的科学探索》(Physics of the Impossible : A Scientific Exploration into the World of Phasers, Force Fields, Teleporation, and Time Travel) 时，对这种技术有了稍微像样点儿的了解。作者并不认为"瞬间移动"

(teleportation)——光栅技术的规范名称——违反物理学定论,而是把它归类为"第一类型不可能"(Class Ⅰ Impossibilities),就是说,现时做不到,但未来应该能实现!

不过,别高兴得太早,这种让人类穿墙的技术,虽然理论上可以让量子力学去达成,但可能需要长达数十甚至数百年的时间才能把人从墙的一面传到另一面去。而这种技术要成熟,则至少是在三百年后!在下跟在座各位,钱赚得再多、本事再大,恐怕也等不到那一天!

我无意在《光栅谋杀案》里挑战加来道雄的看法,所以我利用光子(跟爱因斯坦提出的photon无关)的设置来处理传送的技术问题。然而,传送本身并不是故事的焦点所在,参与传送试验的人及人性的阴暗面才是重点。

因此,当初我并没有把这个故事当成是科幻小说来创作,而是视之为一个有科技背景加上幻想成分的本格推理小说,比较重视误导、谜团、案情推理、多重嫌疑犯、不在场证明、一波多折以及高潮时的大逆转之类等等。甚至,我连侦探和助手的身份也来了个翻天覆地的改变……这种写法跟中国当下常见的"硬科幻"或"核心科幻"大异其趣,也和我以地道香港文化为背景、重视动作场面、走通俗路线的《人形软件》有所不同。这个故事,在我创作版图里是如此不同,自成一派。

不过,我认为故事中试图偷天换日瞒天过海的假试验,应有其现实上的社会意义。

二

2011年4月,香港《东方日报》邀请我在报上写连载长篇科幻小说。跟编辑部就选题讨论良久之后,第一篇登场连载的,是以未来帮派权力斗争为背景、子弹横飞弹壳多到捡不完的暴力型科幻小说《发条鸟》——从2011年8月1日开始连载,至同年9月30日结束。这是个写得很爽的故事。第二篇才是走推理路线,相对之下静态得多的《光栅谋杀案》。它从2011年10月1日开始连载,至2012年2月29日完毕。能在这份读者量极大的报章上连载故事,我深感荣幸。

原本在报章刊载的版本,为了适应报章每日字数和总篇数的限制,难免削足适履,这也是连载小说先天上的不足。所以这次成书,我把内容做大幅修改,除了给人物增添血肉,也增删了情节,重写了结局,甚至连句子也做了不少修饰,务求使故事以最佳面貌示人。

感谢《科幻世界》副总编辑姚海军兄对本书的支持——让这个故事可以跟广大的内地读者见面,也要感谢何大江兄一直以来的文书往还——让这本书在轨道上向着出版目标进发。

目前华文科幻的重镇就在内地。我在20世纪90年代开始阅读《科幻世界》杂志,还曾有个短篇《渐近线》刊于1998年的《科幻世界》上,并于同年在香港见过时任社长的杨潇女士。遗憾的是,几年之后香港已买不到《科幻世界》了。好在还能找到《科幻世界·译文版》,我陆陆续续收集了不少,相信现在已变得奇货可居。

十几年间,《科幻世界》从单纯经营杂志,发展到编辑、出版了大量科幻图书——包括引进外国科幻经典和推出国内科幻新锐。同一时间,香港跟台湾的科幻却因出版业的商业操盘而大幅萎缩,别说本土创作,即使是外文科幻的出版,也是困难重重。我能在这险恶的环境下不断出书,实属万幸。

2010年我去往成都,来到《科幻世界》杂志编辑部所在的大楼,见到通信联络多时的姚兄,又在第一届星云奖颁奖礼的会场上重遇杨潇女士。十多年来跟《科幻世界》种种结缘的回忆,一下子涌上脑海，不免感触良多。杨女士虽已离任，但看来仍然精力十足，而我也从青年步入中年。

有一点没变的是，《科幻世界》仍然屹立不倒，成都仍然是华文科幻的中心。《人形软件》拿到第一届华语科幻"星云奖"最佳长篇奖金奖时，很多出版社来信希望代理其在中国大陆地区的版权，那时我就希望可以让陪我十多年的《科幻世界》出版，无奈香港的出版社另有打算，把这本书一并交给了别家出版社，做战略性推广和发行，我不能不引以为憾。

《光栅谋杀案》要出大陆版时，我第一时间就想到《科幻世界》，如今这书也果真交由《科幻世界》出版，我实在高兴不已。再次感谢玉成此事的诸位。

谭剑

2012.10.29，于香港